# 魔空零戦隊

クトゥルー・ミュトス・ファイルズ
The Cthulhu Mythos Files

菊地秀行
Kikuchi Hideyuki

創土社

# クトゥルー戦記③

目次

# 第一章　一年後のルルイエ

## 1

その「誕生」は、呪われてはいたが、静かだった。

一九四X年三月十九日、午前二時四十六分。いわゆる〈ルルイエ地点《ポイント》〉は、数兆トンの水と、数億トンの艦艇に取り囲まれていた。

三千隻を数える船――海軍の戦艦、巡洋艦、油輸送船《タンカー》から、民間の大型貨物船、客船、タグボート、個人所有の帆船《スクーナー》や外洋ヨットに到るまで、その殆どが盗み出したものだ。

世界中の軍港――ニューヨーク、サンディエゴ、グラスゴー、キール、ポーツマス、トゥーロン、ロタ、アルマダ、セヴァストポリ、イスタンブール、青島《チンタオ》、釜山《プサン》では、今ごろ大騒ぎになっているはずが、盗賊団の首謀者たちがかけたある術によって、この海域に集まった乗組員たちが全員上陸するまでは、気づかれる怖れはない。

盗み出した船たちはその属する港で、吃水線《きっすい》を波に洗わせており、乗艦さえ可能だったからである。

空には月もなし、星もなし。目的の時刻が迫って来たものか、甲板に人影が現れ、みるみる鈴なりになった。ここには顔や姿形による差別はなかった。普通の者もいれば、何処か両生類を思わせる顔つきの者も、身体があり得ない方向へねじ曲がった者もいた。交わされる会話は世界中の言語と、およそ人間の喉から出るとは思えない異形の言葉であったが、気にする者はひとりもいなかった。否、一匹と表現した方がお似合いの姿をした者たちの方が、まともな姿形の者たちの羨望《せんぼう》の的《まと》なのは明らかであった。

人間のものと、そうでないものと――二種の言語が突然、統一を迎えた。

全艦隊が浮動したのである。波だ。それは、船たちが構成する直径五〇キロにも及ぶ巨大な輪の中心から生じていた。

イア！　イア！

海上を斉唱《せいしょう》が埋めた。

世界が耳を塞《ふさ》ぐ呪われた言葉。それは、クトゥルフ・フタグン！　と続き、フングルイ・ムグルウナフー・クトゥルー・ルルイエ・ウガ＝ナグル・フタグンで止まった。

世界は知っていた。

ルルイエの館で死せるクトゥルーは夢を見ながら待ちいたり。

波のうねりが激しくなった。

小舟《ボート》やヨットの中には耐え切れずに横転するものも出たが、乗員はその寸前自ら海へとび込んで、神がかりともいうべき速さで他の船に乗り移った。

ふたたび斉唱が湧き起こった。

海の地の真の中心――地球すらも忘却したその深奥《しんおう》から、煮えたぎるマグマも戦慄《せんりつ》させつつ放たれる呪詛か。いや、それは歓喜のどよめきであった。

この日のために彼らは準備を整えてきたのだ。〈旧支配者〉と呼ばれる神がこの星に、次元に、世界に降臨《こうりん》したその瞬間に生まれた信徒——最も原始的な生命体が、進化の果てに海から陸へと上がり、やがて二本足で立ち、道具を使い出して〈神〉への生け贄《にえ》を捕らえ、衣服を身につけ、集団を作り、村落が町になり、都会へと変わり、国とやらが成立し、ちっぽけな星の上の、ささやかな土地を巡って争い、おかしな兵器で殺し合うまで。

今なお人間が足を踏み入れていないアラスカとシベリアの大森林やニューオーリンズの沼沢《しょうたく》地帯や、氷雪《ひょうせつ》吹きすさぶレン高原、或いはニューヨークや北京やパリや東京の廃屋《はいおく》では奇怪な儀式が行われ、インスマスという名の荒廃《こうはい》した港町の倉庫に得体の知れぬ品々が隠匿《いんとく》されて。ザドック・アレンよ、おまえは知っていたのか？　全ては今日のためである、と。

数分後、波は五万トンの戦艦さえも毬《まり》のごとく持ち上げ、大多数の船舶は姿を消していた。人々は海中に沈んだ。しかし、黒いうねりの上には顔が並んでいた。

人間の顔、少し歪んだ顔、歪み切った顔、さらに——両生類そっくりの顔が。彼らは吃水線《きっすい》ぎりぎりまで荷物を積み込んだ千を超える大型の貨物船と輸送船を支えているのだった。

人間の顔よ、なぜ罵《ののし》らぬ？　笑うな、と。嬉しそうな顔をするな、と。それを浮かべていいのは人間だけだ、と。

フングルイ・ムグルウナフー・クトゥルー・ル

ルイエ・ウガ＝ナグル・フタグン
　ルルイエの都で、死せるクトゥルーは夢見ながら待ちいたり
　今、このときを。
　前方の――否、彼方《かなた》の海面がゆっくりと盛り上がりた。
　闇に塗りつぶされながら闇よりも黒々と。
　一〇メートルほどで波は重力に敗れて砕け、流れ落ち、ついに現れた。
　あらゆる民族の言葉で呼ばれる水底《みなぞこ》の奥津城《おくつき》が。
　ここでは、〈ルルイエ〉と呼ぼう。

　一年が過ぎた。


「空が青いのお」

　と、外谷《とや》整備班長が大声を張り上げた。

　幸い、滑走路の真ん中だったので、兵舎の中みたいに、仰天《ぎょうてん》のあまり飛び出して来る連中はひとりもいなかったが、手作りの縁台で将棋をさしていた陣外《じんがい》大尉と浅黄《あさぎ》少佐が、またかという表情で四十貫（一五〇キロ）を超えてるとみな噂している肥満体の方を向き、浅黄少佐が、

「あれはあれで芸術家の資質かも知れんぞ」

　と言った。

「一日一回は青いと絶叫してますからな。あの確認の仕方は、もはや執念《しゅうねん》です。仰っしゃるとおりかも知れません」

　陣外は三十歳を三つ過ぎた渋い笑みを見せた。

台南《たいなん》やラバウル航空隊の猛者《もさ》たちに匹敵する撃墜数二十超の天才戦士《ファイター》だとは、紹介されても信用する者はそういないが、陽灼《ひや》けしてなお桜色を留めた頬を、時折り凄まじい精悍《せいかん》の翳《かげ》が過《よ》ぎる。そして人々は、眼前の士官が百度《たび》近い空戦をくぐり抜けて来たことを想起し、緊張に顔をこわばらせるのであった。

「何にせよ、あれが続いている間は平和だが、しかし、もう一年になるぞ。このまま戦争も対クトゥルー戦も終わるてのは、何となく業腹《ごうはら》ではあるな」

一手指し、浅黄少佐は、田舎の親父としか思えない武骨《ぶこつ》な顔に厳しさを加えた。こちらは、撃墜数こそ陣外に及ばないが、空戦歴は百を数える中国戦線以来の猛者だ。滑走路の左右に翼を休める零式艦上戦闘機——米英の飛行機乗りたちが、憎しみと畏怖《いふ》を込めて呼ぶ零戦《ゼロファイター》を操る前から、九六式艦爆を駆ってアジアの空に挑戦して来た男に、将棋でも空戦技術でも対等な口がきけるのは、このエリラ島基地では陣外しかいない。

「噂によると、アメリカとヨーロッパはひどい有り様だそうですな」

陣外が、ぱちりと飛車を打った。

「ああ。いいようにやられているらしい。おい、それ待てよ」

「『朝日』ひと箱でどうです？」

「おまえ、整備の連中が言ってたが、実は強欲《ごうよく》だな」

「では、半分で」

「簡単にこちらの意を汲《く》むな、それでも帝国軍人か」

「では二箱」

「半分に戻せ」

陣外はじろりと上官を見て、

「承知しました」

と飛車を除《よ》けた。

「軽蔑するか？」

「少し」

「まあいい。ところでクトゥルーはともかく、戦争の方も続いておるらしい。〈旧支配者〉とかいう化物《ばけもの》にも甚大《じんだい》な戦費を廻して、人間同士の戦いにも――こいつはわからんなあ」

「同感です。ソ連は近々満州に進出して来ますよ」

「まさか。日ソ不可侵条約が――なんて当てにはならんものなあ」

「日本の仮想敵はソ連でしたがね」

「全くだ」

「珊瑚海で滅茶負けしたって本当でしょうか？」

「そういう説もあるな」

「アメリカがクトゥルーと手を結んで、我が艦艇を海中に引きずり込んだとか」

「ま、何でもありが戦争だからな。ドイツとアメリカが手を結んでも、おれは驚かん」

「ヒトラー総統《そうとう》はクトゥルーばかりか、他の〈神〉も求めて、世界中に探検隊を送っているそうですが」

「あの男ならやるだろう。だから、ドイツへは、ルルイエからの空爆がないそうだ」

「邪神も人間を差別するんですかね」

「噂を集めるとそうなるな」
「やれやれ。欧米はいい面の皮ですな」
「ああ。一応クトゥルーに関しては共同戦線を張っていると認識してるだろうからな」

一年前、南太平洋上の一地点に〈ルルイエ〉が浮上して以来、米英仏独を中心とある〈対クトゥルー連合軍〉は、自国の防禦《ぼうぎょ》強化の他に、積極的な攻撃を続けていた。

もはや光も人の眼も届かぬ海中ではない。海上の一地点に浮かぶ海抜《かいばつ》五〇メートル、三〇〇平方キロほどの島である。〈連合軍〉の攻撃は、ようやく攻撃目標を確認した安堵と、これまでの不安をまとめて叩きこんだような猛攻となって現れた。

連日、B17が、ランカスター爆撃機が空爆を見舞い、その炎と黒煙は、オーストラリア大陸からも望見し得る凄まじさであった。三カ月に亘る猛攻で、〈ルルイエ〉の外見は一変した。抵抗は皆無であった。

志気上がる連合軍が厖大《ぼうだい》な艦艇でもって、〈ルルイエ〉上陸と調査とに乗り出したのも、当然といえばいえたろう。

だが、人間は〈旧支配者〉の意味を知らなかった。〈邪神〉の意味はわかっても、その正体を理解することは出来ぬままであった。

上陸した兵と学者たちはひとりも帰らなかったのである。

直径一〇〇キロに及ぶ大建造物は、その正体不明の石壁や円柱から緑の粘液を存分にしたたらせ、人間と戦車をはじめとする車輌を飲みこんでしまったのだ。上空で哨戒《しょうかい》中のＦ６Ｆヘルキャットも飛行艇も、巨大な裂け目とも門口《かどぐち》ともつかぬ暗黒の中へ踏みこんで行ったとしか判断が出来ず、一万名の兵士と千輛の戦車が無線通信一本、銃声ひとつ残さず未帰還と判断された時点で、首脳部は致命的な大失策に気がついた。

彼らが戻るまで、攻撃は中止するしかないのだ！

ひと月後、不気味に静まり返る神殿へ、五十名の精鋭部隊が送りこまれた。前回の兵士と学者たち及び兵器の運命を探り、可能ならば救出せよ――この至難の任務を遂行《すいこう》すべく、五十名の兵士は、その家系まで綿密な調査を施した特殊能力の持ち主ばかりが選出された。その能力は各国とも明らかにしていないが、彼らの真の目的は任務の遂行より生還にある、とするのが衆目の一致するところであった。

生きて帰ることは、〈ルルイエ〉内の敵を出し抜き、敗北させたことになるからだ。その経験こそが、〈神〉の虚無《きょむ》に対する人間の反攻《はんこう》を意味するはずであった。

だが――今に到るまで、彼らのひとりでも生還したという話はない。

そして、〈ルルイエ〉浮上から半年、手をこまねく他はない人々の下へ、世にも怪異な返礼が空から投ぜられた。

## 2

お？　驚きの声が小さく聞こえた。それが、おおっ!?　に変わり、何だ、あれは!?　と、滑走路のでぶが上空を指さしたとき、二人は縁台から立ち上がっていた。

「おかしなもんが飛んでまっせ」

わずかに遅れて、右斜め前方三〇メートルあたりに建つ監視塔――といっても、ヤシの木を組み合わせた上に簡単な函《はこ》と望遠鏡を乗せただけの代物《しろもの》だが――から、菅沼二等兵の声が降って来た。少し鼻にかかっているところからして、居眠りから醒めたばかりのようだ。すぐに、手廻し式のサイレンが鳴りはじめ、兵舎から次々に男たちがとび出して来た。

零戦、一式陸攻その他合わせて四十機足らずの基地でも、整備兵その他の員数を合計すれば百名を超す。

昼前だ。南海の陽は高く強い。みな手をかざして蒼穹《そうきゅう》を仰いだ。

葉巻のような形がひとつ、北西方向へ流れていく。

「高さ二千てとこか」

つぶやく浅黄のかたわらで、

「あれって――飛行船ですよね？」

陣外よりずっと若々しい声が、興奮を隠さず訊いた。当然だ。桜色の頬は、まだ十八歳になったばかり――全将兵中最年少の戦士《ファイター》・未来《みき》三飛曹であった。

浅黄はうなずきもせず、

「そうだ」

「クトゥルー――ルルイエから発進して、欧米を爆撃してる連中ですよね。畜生、とうとうこちらへ進出して来たか」

若者は拳《こぶし》を反対側の手に叩きつけた。それから、口惜しそうに顔中を歪めて、

「攻撃しちゃいけないんですか？　放っときゃ、ガダルカナルもラバウルもやられちまう」

「かも知れんな」

「だったら、なぜ、攻撃しちゃいけないんです？」

またかよ、という表情を浅黄はこしらえた。

横の陣外の腰を肘でつつき、

「後は頼むぞ」

と離れた。

寂しげにそれを目で追う未来へ、

「何度も言うが、やむを得ん。あらゆる戦闘は避けよと、司令部からの厳命だ。逆らえば銃殺と、この基地へ赴任《ふにん》する前に言い渡されて来ただろう。国のために飛び上がって、国に殺されたんじゃ合わねえぞ」

未来は唇を噛んだ。若い精神《こころ》は烈々たる闘志で溢れている。そのやり場が、日々の平穏なる暮らしときては、無念を通り越して、あらゆるものへの怒りに変わるのも無理はない。半月ばかり前の零戦同士の模擬戦闘の際、半ば狂的とさえいえる未来の戦いぶりに、こいつ本気でおれを落とす気ではないかと、陣外は背すじに冷たいものを感じたほどだ。彼自身、戦闘機乗りとして、その気持ちは痛いほどわかった。

全く、司令部は、海軍省は何を考えているのだ。

「自分は四カ月ここにいます。配属されたときは、これで思いきりクトゥルーや米英の戦闘機と戦えると嬉しさで震えました。ですが、この基地でやることといえば、模擬訓練がいいところで、F4Fやドーントレスが頭上を飛んでいってもただ見送るだけ。攻撃は出来ず、邀撃《ようげき》も許されない。ラバウルでは連日の戦闘が行われ、貴重な搭乗員や機が失われているというのに、我々は毎日、ぼんやりと空を眺めているばかりです。これでいいんですか？　自分たちは一体、何のためにここへ集められたのです？」

陣外は肩をすくめて、

「海軍省に訊いてくれ」

と言うしかなかった。聞いていた何人かが笑ってくれたのが救いだった。

「雲が出た。――隠れるぞ」

誰かの声がして、細長い影は南海の白雲にその姿を托《たく》した。

いま彼らが目撃した物体は、実に全長五〇〇メートル、直径五〇メートルに達する飛行体で、飛行原理は一切不明であった。プロペラも翼も方向舵をはじめとするあらゆる舵もないのである。

半年前の一月、洋上のルルイエの一角が開いて、二十機がその巨体を大気に浮き上がらせたとき、哨戒中の豪州《オーストラリア》軍飛行艇から放たれた無線内容は全世界へ中継され、あらゆる軍事関係者を驚倒させたが、誰ひとり、どの一国も手をこまねくしかないうちに、巨大飛行体の群れは、飛行装置を備えぬ飛行とは信じがたい速度でオーストラリ

ロッキードP 38ライトニング

アの首都メルボルン他四都市を爆撃——完膚《かんぷ》なきまでに破壊した後、方向を転じてアメリカを襲った。この間、わずか十時間で太平洋縦断を成し遂げたのである。また世界史上これほど奇怪な爆撃はなかった。爆撃孔の蓋も開くことはなく、爆弾——これは見慣れた品であった——は、底部を通り抜けたとしか思えなかったのである。いくら眼を凝らしても、孔一個、切れ目ひとつ発見できなかった。

　オーストラリア軍からの連絡を受けていた米軍は、サンフランシスコ沖五キロの地点でこれを迎え撃った。海上からは〈ミズーリ〉〈ニュージャージー〉〈ノースカロライナ〉等の四〇センチ砲が天空を貫き、空からは、ロッキードP38ライトニング〃双胴の悪魔〃が、リパブリックP47

〝サンダーボルト〟が、ベルＰ39〝エアコブラ〟が雲霞《うんか》のごとく襲いかかったのである。

悠々《ゆうゆう》と空を渡る飛行体には武器らしい武器が見当たらず、豪州からの通信は十全に理解はされなかった。

いわく、「光るビラに用心せよ」

その意味を知る前に、アメリカ三軍は戦慄の渦に呑み込まれた。

四〇センチ砲の直撃も、二〇ミリ機関砲の弾幕も、不気味な船体を貫通できなかったのだ。

接近したパイロットによれば、それは金属にあらず、どう見てもゴムか皮であったという。

だが、数十センチの鋼板《こうはん》を貫く砲弾は、半ばめりこんだだけで弾き返され、数万トンの鉄船を破壊する爆発も、彼らの飛行を止めることは出来なかった。後にこれはクトゥルーの皮膚を、その骨で構成した飛行骨格に貼りつけたものと判明したが、そうと知れても大空の攻防に変化はなく、戦闘中にあるパイロットの残した叫びだけが、その真の姿を伝えている。

「あらゆる攻撃のパワーとエネルギーが、吸い取られてしまう」

と。

反撃はあった。

無益と知りつつ攻撃を続行する戦闘機群に、巨体の何処かから、銀灰色《ぎんかいしょく》の箔片《はくへん》が撒《ま》き散らされたのである。

きらきら吹きつけるその中へ突入するのに、不安を感じるパイロットはいなかった。小さなきらめきが機体も防弾風防も紙のように切り裂き、パイロットのみならず背後の装甲鉄板をも斬断《ざんだん》するまでは。

　正しく五分刻みになった機体は、分解と呼ぶ方がふさわしかった。

　箔片はサンフランシスコとサンディエゴの市街をも襲った。

　ビルを構成する鉄骨もコンクリートも、風に押される刃に切断され、落下したダウンタウンで数千人を押しつぶした。

　茫として立ちすくんだ人々の首はきれいに胴を離れ、車という車は組み立て前の模型に戻った。

　電線は勿論、地下深くに敷設されたガス管、水道管も容赦はされなかった。箔片は地下五〇メートルに到って停止したのである。

　そこに本領——爆撃が開始された。

　物体の底部を水のように貫いて、見慣れた爆弾が投下されたのである。

「それは、私たちもよく知っている単なる爆発でした。あの奇怪な箔片で片腕を落とされたまま、それを見て、私は不必要だと思いました。最初の箔片の攻撃だけで、サンフランシスコは壊滅状態に陥ったのです」

　ある新聞記者の言葉が、異界の戦闘の本質を言い当てている。

　無敵を証明した飛行体群は、新たな十時間をかけて、欧州へ向かった。

　攻撃目標の多さはアメリカの比ではなかった。ロンドン、パリ、ローマ、ルクセンブルグ、ベルリン、ブレーメン、そしてモスクワまでも、炎の蹂躙に身を任せた。数千度の炎に焼かれ、コン

クリートに押しつぶされ、時速三六〇〇キロの爆風に吹きとばされた人々の数は、その日いちにちで三千四十万人に達した。

人間同士の戦いでは決して有り得ない完璧なる敗北であった。

だが、世界は捲土重来《けんどちょうらい》を期した。

都市は壊滅しても殆どの国々で政府と軍隊は無傷を保っていたのである。

ある時期から開始された地下工事の目的は、政治中枢《ちゅうすう》と軍需《ぐんじゅ》工場との隠匿地《いんとくち》製作であった。各国政府は後《のち》にこのせいで狂気のごとき非難にさらされるが、ルルイエ攻撃に割くだけの力は残っていた。

飛行体群は海上の奥津城には戻らず、ヒマラヤの山脈に消え、〈ルルイエ〉は艦砲射撃と爆撃を受けた。だが、その規模は従来のものに比較すればあまりに小さく、軍人たちの見解は、

「効果なしとわかっている以上、厖大な武器弾薬の浪費はできないという、極めて現実的で、民意を納得させるために行われただけのその場凌《しの》ぎ、かつ狡猾《こうかつ》なやり口である。しかし、正しい」

と一致した。

それ以来、〈ルルイエ〉からの攻撃はなく、世界はもうひとつの戦いに血道《ちみち》を上げはじめる。

ドイツはフランス全土を占領し、VI、VII号ロケットでのイギリス攻撃を開始した。噂ではVIII号の発射実験にも成功したが、イギリスの降伏《こうふく》を待って対クトゥルー戦に振り替えるべく、温存中であるという。

アメリカはハワイに機動部隊の本拠地《ほんきょち》を置き、

オーストラリア、イギリスと手を組んで、南海方面からの日本軍掃討《そうとう》に乗り出した。

絶対的な工業力を誇るアメリカ軍の侵攻《しんこう》を防ぐべく、ニューギニアの一島ニューブリテンに置かれたのが、後世まで勇名を轟《とどろ》かせるラバウル航空隊である。

これは俗称《ぞくしょう》であって、ラバウル一帯に展開した航空部隊を総称してこう呼ぶ。ラバウル近辺の基地に属する戦闘機、爆撃機、偵察機、水上機部隊も含まれるし、ラバウルにある陸軍の航空部隊もラバウル航空隊なのである。

ここには五、六隊が常駐し、数十機の戦闘機、爆撃機等の搭乗員、整備員、その他陸上勤務員を含めて、ある時期千名を超える兵たちが、連日襲いかかってくる敵戦闘機と死闘を繰り広げていた。


三年前、ラバウルの北約七〇キロの海上に浮かぶ孤島「エリラ」に、小さな基地と滑走路が設けられ、一航空隊が配置された。零戦二十五機、爆撃機その他が計十五機。だが、ラバウル同様最前線ともいうべき地点にあって、彼らの目的は「不戦」であった。

司令部よりの命令があるまで、一切、戦闘はならん——配属命令とともにこう言い渡された搭乗員たちは、呆気に取られ、やがて怒髪天《どはつてん》を衝《つ》いた。戦うべき者が戦ってはならぬと。それでは単なる役立たずではないか。ましてや自分たちの敵は、米英——人間たちではない。地球のみならず宇宙の覇権奪還《はけんだっかん》を目論《もくろ》む邪神〈クトゥルー〉とその狂気の配下どもである。

すでに陸海上で行われた異形の戦いの様相は、

軍のみならず一般にも知れ渡っていたが、空での戦いのみ未《いま》だしであった。敵の姿もその搭乗機の性能も知らぬ。しかし、決して戦いを怖れるものではない。

一国のためならず、この星と全ての生きもののために。

これのみを胸に抱いて、彼らは戦場に赴《おもむ》いた。

その結果が――

〈ルルイエ〉の飛行体を目撃したその日、浅黄中尉は基地司令の笹大佐に呼ばれた。笹はこう言った。

「若い搭乗員が血気にはやると厄介である。自重するよう諭《さと》せ」

「と言うわけだ、おまえからよろしく頼む」

戻って来た浅黄は陣外の肩を叩いて、片目をつむって見せた。

夕食前に搭乗員一同を食堂に集めて、陣外はこれを伝えた。浅黄はその横に腰をかけ、しかつめらしい顔で腕を組んでいた。よくやるな、と陣外は思った。

二十五名の搭乗員たちの不満が高まりつつあるのは、話しているうちにわかった。

「――以上」

と結んだ途端《とたん》に、未来が立ち上がった。

「納得できません！」

身を震わせて叫んだ。

「腹が痛んでなりません――失礼します！」

憤然《ふんぜん》と食堂を出て行った。

横で浅黄が溜め息をついたが、陣外は気にしなかった。想定内の出来事だ。じきに未来の血のたぎりも収まる。上から戦うなと言われれば、従うしかないのが軍隊だ。

しかし、あの反発ぶりは少々懐かしくもあった。搭乗員たちのざわめきが食堂を覆いはじめた。陣外も混ざることにした。

暖かい食事と歌声、そして、睡眠が今夜も繰り返されるのだ。

そうはいかなかった。

外から銃声が轟いた。

大きな変転には、何らかの「合図」のようなものがある。陣外はそれを感じた。

この瞬間、エリラ基地の安寧《あんねい》な日々は終焉《しゅうえん》を迎えたのであった。

### 3

真っ先に廊下へとび出したのは、陣外であった。背後に続く足音を聞きながら、玄関へと走った。七、八メートル向こうに未来の姿が見えた。光はないが、月と星明かりは素晴《すば》らしい。未来はそこで、銃声を聞いたのだろう。

「射ったのは、おまえか？」

未来が叫ぶ先に監視塔が立っていた。小さくても基地である。二十四時間見張りがつく。十名は多いが、笹大佐は減員を許さなかった。

「自分であります」

塔から声が応じた。

「何を射った？」

「わかりません。ですが、海の方から何かが飛んで参りました」

「海の方から？　砲弾か？」

だとしたら不発弾である。

「いえ、音からして違います。落ちたのは、そこから滑走路の方へ真っすぐ五丈（約一六メートル）ほどの所であります」

「よし。見張りを続けろ」

こう言って、未来は滑走路の方へ歩き出した。陣外たちも兵舎を出て後に続く。陣外たちが目的地へ到着したとき、未来はこちらに背を向けて前方を見つめていた。

「何だ、おい？」

陣外が横から覗《のぞ》き込み、

「何だ、こりゃ？」

驚きの声を上げた。それはたちまち足音が入り混じる合唱に変わった。

斜めにめりこんだものは、月光にかがやく直径一メートルほどの金属の環《わ》であった。濡れている。ぷん、と潮の香りがした。海から来たのは間違いないらしい。しかし、誰がどうやってこんなものを？

幅三〇センチほどの表面に光が当たった。懐中電灯を持って出た奴がいたのだ。

どよめきが上がった。

誰かが、そのとき胸に湧いた思いを口にした。

「おい、これは——黄金《きん》だぞ」

丸い先に浮き上がった金属の表面は、疑いなくこの星一《いち》の高価なかがやきを放っているのだった。

〝誰が落としたんだ？〟から、〝幾らする？〟まで、侃々諤々《かんかんがくがく》やらかしているところへ、笹大佐と副司令の勝俣《かつまた》中佐が駆けつけ、兵たちと同じ表情になって、とにかく食堂へ運べと命じた。

「転がしていくか？」

中山一飛曹が冗談混じりに言うと、

「傷がついたらどうする？　腕を通して担《かつ》げ」

勝俣副司令のひと声で、地上勤務の兵士が二名、左右からそれを持ち上げた。

後ろから尾《つ》いて行きながら、陣外の頭にある考えが浮かんだ。

腕を通した輪っか。

これは腕輪ではないだろうか。

だとしたら、海の方から飛んで来たという報告は修正すべきかも知れない。海の中からと。

投げたのは——クトゥルーである、と。

結局、かがやく環は倉庫に保管され、上層部からは何の発表もなかった。

それでも数日の間、食堂ではある名前が話題の中心となった。

「クトゥルーの腕輪だぜ、あれはよ」

「まさか、じゃあ何故、装身具なんか放ってよこしたんだ？　しかも、こんなちっぽけな孤島へよ？」

「そんなことわかるかい」

「そりゃそうだ」

「しかし、ここへ来る前に説明は受けたけど、実は良くわからねえんだよな。副長殿——クトゥルーって何なんでありますか？　昔、地球へやって来て、今は海の底で復活を待ってる神さまだと——それでいいんでしょうか？」

「それでよし」

と陣外はうなずいた。

「いや、しかし——そんな莫迦なことが」

幾つもの顔が一斉にうなずいた。

「同感であります。教えて下さい、副長殿」

真摯《しんし》な声が昼近い食堂に満ちた。

「答えてやれ、陣外」

隣りの席にいた浅黄が重々しく言った。眼が笑っているのを、陣外は見逃さなかった。

この状況を愉《たの》しんでいるのか？　それとも、もう一度、クトゥルーについて、本気でおさらいをしたいのか？

部下の宥《なだ》め役は、いつの間にか陣外ということになってしまっている。浅黄の身の躱《か》わし方——というより逃げ方が巧いのだろうが、良くわからない。腹を立てない自分の方がおかしいのかも知れなかった。

手もとのコップから水をひと口飲んでから、

「クトゥルーというのはな」

彼は彼自身も信じていない内容を語りはじめた。

「何十億年も昔に、この地球へやって来たという生きもの——と言っていいものかどうかわからんが、とにかくそういうものだ。ところが、時期は相《あい》前後するが、生まれたての星というのは、よほど魅力的だったらしく、他の化物どもの来襲《らいしゅう》も相ついだ。真っ先に到着したのは、地球を含めた太陽系の四つの惑星を支配した半ポリープ状の先住種族だった。こいつらは肉食で、次に地球を訪れた種族も貪《むさぼ》り食われたが、その持つ武器で、何とか駆逐《くちく》してのけた。こいつらは〈大いなる種族〉という高さ三メートルにも達する皺だらけの円錐《えんすい》体だった。何故〈大いなる種族〉と呼ばれるかというと、宇宙で唯一、時間というものを理解し超越し、自在にその中を行き来できたからだ。彼らは自らを過去と未来に投影し、知識をはじめとする森羅万象《しんらばんしょう》を自分のものにした」

兵士たちは顔を見合わせた。声はない。表情は疑惑と侮蔑《ぶべつ》から成立していた。彼らの常識をくつがえせる話ではなかったな、と陣外は認めざるを得なかった。切り上げたかったが、少し意地になった。

「知識を得るための彼らのやり方は少々変わっていて、その時代の生物の脳に侵入し、自らの意識を植えつけるのだ。その際、本来の意識は——ここが凄いところだが——彼らの脳に移植される。つまり、犠牲者をおれだとすると、いまおまえたちに話しかけているのは、〈大いなる種族〉の一体であり、おれの意識は何処にいるかもわからないそいつの脳内に宿って、そいつの見ているものを、そいつの眼で見ていることになる」

ひとりが片手を上げた。殿村《とのむら》一飛曹だ。旭川出身の朴訥《ぼくとつ》な三十男だ。

「何だ？」

「その——すみません、自分には到底理解できない話なんで、その、クトゥルーに絞ってもらえませんか？」

一同の間を安堵《あんど》の空気が流れた。代理人が現れたのだ。これで、副長のおかしな寝言《ねごと》を聞かなくて済む。

「もっともだ」

陣外は大きくうなずいた。

「おれがおまえたちの誰かでも、同じことを言い出しただろう。しかし、クトゥルーを理解するには、奴を巡る異種生命体同士の葛藤《かっとう》を絶対に知らねばならんのだ。何故なら、この星の上で、或いは別の次元で、虎視眈々《こしたんたん》と地球の覇権《はけん》を奪い返さんと狙っている存在は、クトゥルーのみではないからだ」

「そういや、そんな話も——聞いたような気が」

陣外は吹き出したくなった。殿村ばかりか他の連中も、ああ、、という風にうなずき合っているではないか。この島へ配属される前、彼らは一度全員が台湾の台南基地に集められ、そこで大本営が派遣したある学者から、今と同じ話を聞かされた。お偉方が同席していたから、みな真剣に耳を傾け、それなりの理解を示したはずである。それなのに、すっぽりと抜け落ちているのは、人間の常識とやらがいかに強固で、他を寄せつけぬ頑固爺いかを物語る。おれはこの星、いやこの町内に七十年も住んでるんだ、いきなり出て来たサンピンが、おれはあんたより年寄りで、町が出来る前からここで暮らしてたなんてぬかしやがると、只じゃおかねえぞ。あっち行きやがれ——というわけだ。

別の手が上がった。未来三飛曹であった。

「自分はもっと詳しく知りたくあります。どうかお話し下さい」

たちまち反発の火の手が上がった。

「てめえ、この——ええカッコしやがって」

「そうだ。いい子ぶるんじゃねえぞ」

「うるさいぞ。たとえ、ひとりでも聞きたい者がいる以上、話は続行する。クトゥルーが出て来るまで少し時間がかかるが、我慢して耳を傾けろ。おれたちの敵が、クトゥルーだけじゃないってことがわかるだろう」

陣外は、ざまあみろという口調で言った。

「やがて、続々と他天体から、或いは他の次元から、様々な生命体が訪れた。中にはヨグ＝ソトホースのように、生命と呼びかねるものもいたが、大概《おおむね》、おれたちと同じ意味での生命体と言ってもいい代物《しろもの》だった。例えば——」

三人目の手が上がった。

大海《おおみ》三飛曹。これも若い。年はひとつ上だが未来の同期だ。

「あー、ユゴス星の——伊勢海老みたいな」

「そうだ。甲殻生物だ。これはヒマラヤに棲息《せいそく》するミ＝ゴ、ないし雪男と同じものとされている。そして〈旧支配者《グレート・オールド・ワンズ》〉が登場する。彼らは海星《ヒトデ》状の頭を持った生物で、海底に巨大な玄武岩《げんぶがん》の大都市を建造した。この時代にやって来た連中は、混沌《こんとん》たる地上を避けて、みな海底を棲息地に選んでいる。今でも底知れぬ海溝を調べれば、フジツボに覆われた奴らの遺跡が比較的簡単に見つかるだろう」

陣外はここでもうひと口水を飲んで、

「さて、クトゥルーと〈旧支配者〉は」

と言った。

また手が上がった。蓮台寺《れんだいじ》一飛曹である。尋常小学校の教師が唐手《からて》の名人で、直接教えを受けたという瘤《こぶ》だらけの手といかつい顔のせいで、喧嘩では不敗を誇っている。誰も吹っかけないからだ。

来たな、と思った。こいつら段々記憶を取り戻してきやがった。

「そこのところが良くわからんのです。クトゥルーって〈旧支配者〉じゃないのでありますか？」

「いい質問だ。ラヴクラフトの著書によれば、クトゥルーと〈旧支配者〉は明らかに異なるはずなんだが、実は同一とも取れる。つまり、ラヴクラフトは、最初から一貫した設定で物語を書いたのではなく、徐々に――つまり、本来行き当たりばったりで――」

また挙手。今後は何人もだ。

「――台座《だいざ》」

いつも難しい顔をした二飛曹である。原因はみなわかっているが、口には出さない。若禿《わかはげ》だ。

「ありがとうございます。副長殿、そのラヴクラフトですが、何者でしたっけ？」

「もう亡くなったアメリカの作家だ。いまおれたちが直面してるクトゥルーの生態を小説という形で書き記《しる》した」

「小説ですか？　そんな嘘八百の話に出てくる化物相手に戦うため、おれたちはこんな退屈な島で待機してるんでありますか？」

「小説だろうが何だろうが、そいつの住《すま》いが浮かび上がって、世界に迷惑をかけているのは確かだ」

全員が――陣外まで――ぎょっと声の主を見た。

浅黄であった。彼は仁王《におう》の像みたいな顔を、悪霊に取り憑かれたみたいに歪めて、

「そもそも、ラヴクラフトとやらの小説は、クトゥルーその他の化物どもの脅威を人間に警告するために書かされたものだという説もあるくらいだ」

「書かされた、のでありますか？」

「うむ」

仁王が重々しくうなずく。

「誰に、でありますか？」

「それも諸説紛々《しょせつふんぷん》としておる。もっとも有力な説は、〈旧神〉か〈地球本来の神々〉だ」

「それらは何でありますか？」

「うむ」

自信たっぷりにうなずく浅黄を見ながら、この上官は、クトゥルー・マニアなのではないかと、陣外は初めて疑った。

その証拠に、おお、立ち上がったではないか。

「〈旧神〉とは、実はラヴクラフトの小説には登場しない。彼の高弟――といっても一度も師匠と会ったことはない、文通だけの付き合いだったそうだが――オーガスト・ダーレスという作家が創り出したものだ。邪神と呼ばれる〈旧支配者〉に対して、こちらは宇宙的善を体現する存在といわれ、オリオン座のペテルギウスに住む。かつて〈旧支配者〉と戦いをくり広げ、敗れた〈旧支配者〉は、彼らの力で地球の海底や異次元に封じ込められたといわれる。〈旧神〉の代表はノーデンスと呼ばれる、これも海底に棲む神だ」

「それって、ラヴクラフトの設定とは異なるので

はありませんか？」

「おい、物書きどものやることだぞ。しかも、アメリカのだ。真面目に取り合うな」

仁王さまは笑った。こっちの方がよっぽどおっ怖《か》ねえ、と陣外は思った。

# 第二章　奇妙な捕虜

## 1

「〈地球本来の神々〉と言うのは、読んで字のごとく、この星が生まれたときから守護している神性のことだが、化物どもの侵入を許したくらい大人しい。こいつらか〈旧神〉が、ラヴクラフトの筆を借りて、〈旧支配者〉どもの復活を人間に警告しているというわけだ」

浅黄はここでひと息ついた。

たちまちざわめきが広がった。

未来が立ち上がって、

「しかし、その〈旧神〉とやらがそんなに強いなら、また〈旧支配者〉を封じ込めてくれるのではありませんか？」

「うむ、そこだ」

浅黄はうなずき、これは自分の考えだがと言って、陣外を呆れさせた。

「神さまは、所詮、人間の営みに無関係ということだな。〈旧神〉が〈旧支配者〉と闘ったのも、あちこちへ幽閉したのも、自分の都合なのだ。その閉じ込め方がゆるくて〈旧支配者〉が出てこようと、それを人間のために封じ込めるなどとは、思いもしないだろう」

「冷てえな、おい」

という声があちこちで上がった。

「〈地球本来の神々〉なんて、いざとなったら役には立たん。本当に力があったら、空も陸も海も汚す戦争なんて代物を放っておくわけがねえ。——おっと、今のは聞かなかったことにしろ——要するに、クトゥルーが出て来たら、人間の力でなんとかするしかねえわけだ」

「クトゥルーが出て来たんですから、他の神さまも出て来てくれないですかね」

大海であった。

「おい、気易く言うな。ヨグ＝ソトホースなんてのは、アメリカのど田舎に出て来たって報告もある。もっと凄えアザトホースなんて〈旧支配者〉どもの中心が出て来たらどうするんだ？」

「そのヨグ＝ソトホースだのアザトホースだのって何ですか？」

「貴様——何も聞いてなかったな」

浅黄は歯を剥いた。

「アザトホース、ヨグ＝ソトホースってのは、〈旧支配者〉のナンバー1《ワン》と2《ツー》だ。親分と代貸《だいがし》だな。アザトホースは誰も知らねえ宇宙の中心にある大深淵で、奇怪なフルート——笛吹きどもの奏でるメロディを聴きながら眠ってる。おれたちが浪花《なにわ》節《ぶし》を子守り歌に眠るようなもんだ」

そんな子供がいるかよ、と一同は思った。この隊長、どんな餓鬼の時代を送って来たんだ。そんなことを知らぬ浅黄は滔々《とうとう》と続けた。

「ヨグ＝ソトホースは、たまにこっちへ出て来て人間の女に子供を産ませたりしてるが、本来は一にして十、十にして一、〈旧支配者〉どもが棲む宇宙の門の鍵にして守護者だ。この神にも〈時間〉

という制約は存在せず、あらゆる時空間に同時に存在するという。つまり、おれたちが生まれたときも現在も、生まれた場所と、ここにいるわけだ」

軒なみきょとんとしている部下たちを見廻して、浅黄は、わっはははと大笑した。

「おい、陣外」

と横目で睨んで、

「――クトゥルーの歴史については以上だ。とにかく、その時《とき》が来たらしく、ルルイエは浮上し、おかしな飛行船が世界各地で暴れ廻っている。その一隻がどうやらこの近くまでお出ましになったのは、おまえらも知ってのとおりだ。この辺で気を引き締めなきゃならんぞ」

「おっしゃあ。飛べるぞ！」

一斉にこう返って来た。

「まだだ。この間の奴が、何を狙って来たのかもわからん」

「ここまで来たんだ。ポートモレスビーかラバウルか――とにかく、人間相手に決まってます！　飛ばせて下さい！　偵察でも構いません」

未来が火を吹くような声で言った。

出食わしても交戦はしないという意味だ。陣外は、信用できるものか、と思っている。自分がついていればともかく、抑えに抑えた血気を生きる糧にしている連中が、敵機を発見したとき、その通報だけで見逃せるか？　強く命令すれば従うだろうが、でなければ、二〇ミリ機関砲は躊躇《ちゅうちょ》なく火を噴くだろう。

「いかん。それに、飛んではならんと命じるのは、笹司令でも浅黄隊長でもおれでもない。大本営である。つまり、陛下だ」

沈黙が広がった。それが破られるまで数秒であった。

「いつまで、この島にいればいいのでありますか？」

若松二飛曹が叫んだ。代表質問と化している。

「戦いが終わるまでだ」

陣外もそろそろ幕を下ろしたくなってきた。

「で、それはいつ始まるのでありますか？」

「大本営とクトゥルーに訊け」

どっと笑いが起こり、ようやく陣外は、以上だと宣言することが出来た。

ノックの音に続いて、浅黄でありますと聞こえた。

「入れ」

と笹司令は伝えた。

浅黄は食堂での一件を話し、

「飛行機乗りが、時折の偵察飛行と模擬戦闘だけでは不満が溜まります。そろそろ本当のところをお聞かせ願えませんか？　大本営は我々をどうするつもりなのでしょう？」

「言うまでもない。クトゥルー殲滅《せんめつ》の中心部隊として、その日が来るまで待機せよということだ」

「連日、それを聞かせるだけでは」

浅黄は、じっと笹の眼を見つめた。

理想的とは決して言えないが、単に一航空部隊の長としては過不足ない。厳しさも人情も持ち合わせた、ごく普通の人物だ。だが、この世のものではない相手に立ち向かうには。

「イギリスもフランスもドイツも――ヨーロッパは差別ない大空襲を受け、あの科学の申し子ドイツ第三帝国ですら、成す術《すべ》もないと聞いております。失礼ですが、我々のみこの島に駐留《ちゅうりゅう》し、しかもクトゥルー以外の米英とも一切の戦闘は行わぬようにと厳命をされている――何の意味、目的があるのでしょう？　本日の昼、恐らくはヨーロッパ攻撃の主力たるクトゥルー飛行船が一機、上空をガダルカナル方面へと向かいました。連絡がないところからして、攻防はなかったと思われますが、その日は遠くありません。そのとき、我々は今の状態で迎え討つのでしょうか？」

笹は肘かけ椅子の上で眼を閉じ、そうだと洩らした。

「自分もあれこれ考えたよ、浅黄。答えは幾つも出た。だが、どれを取っても正解とは程遠い。何個かが、こう巧い具合に組み合わさったかと思うと、次の奴が、とんでもないとソッポを向きおる。そうさせているのはクトゥルーという名前の化物だ」

「存じております」

「ヨーロッパの悲惨な状況を鑑《かんが》みるに、奴らが本気でアメリカ、アジア制覇に乗り出せば――」

笹はそこで半ば無理矢理、言葉を切った。

「だが、我らには『大和』をはじめとする連合艦隊の主力がまだ残存しておる。ラバウル航空隊も意気盛んだ。そこに我々が加われば、必ず撃退できる。神国は白人どもの国とは違うのだ。明日から摸擬戦の回数を増やせ。整備班も医療班も気を引き締めるように、明日訓辞する」

「承知いたしました」

浅黄は去った。

この島は変わろうとしている。そんな予感があった。

遠からず、無線機は大本営から前日までとは異なる指示を伝えるだろう。島もおれたちも変わっていく。それも、この世界の自然法則に従ってではなく、別世界の色彩《いろ》に染まった汚怪《おかい》な法則に則って。


米国マサチューセッツ州の髑髏《どくろ》に似た岩山に囲まれた山村ダンウィッチ。

岩と森と死人《しびと》の血管のような細い川を渡って来る風は、夏でも木枯しのように冷たく、村人たちに衣服の前を合わさせる。十数年前の恐怖の骨格に怪異の皮膚を貼りつけたような出来事があって以来、普段から重い人々の口は、さらに重くなり、老いの速度を増して、古い農家は一層古びていった。

十一年前、村落から七キロ近く、最も近い家からも約二キロ半も離れた古農家で、ひとりの若者が兵隊に取られて海軍へ入隊。Ｆ６Ｆ〝ヘルキャット〟のパイロットとして、ガダルカナルのヘンダーソン基地に配属された。

米兵の中でもその顔は馬のように長かったが、二メートル超の頭抜けた長身が、かろうじてバランスを保っていた。歩き方を含めてあらゆる動きはひどくぎこちなく、初めて彼を見たパイロット仲間は、お偉方が出来損い息子を押し込んで来やがったのかと唇を歪めたが、初の模擬戦闘で、目の玉がとび出す騒ぎになった。長身馬面の新米に、太平洋の修羅場から帰還した教育担当の猛者たちが、誰ひとり勝てなかったのだ。

彼の操縦する〝ヘルキャット〟は単機同士ならいかなる敵も三十秒足らずのうちに撃墜し、一対五で一分、一対十で二分以内の記録を何度か残した後、空母〈サラトガ〉に配属され、ガダルカナル島奪還作戦に参加、奪い取ったヘンダーソン飛行場を使用する航空部隊に編入されたのである。

隊内での彼は、その技倆を別にすれば、見てくれと何処か舌足らずな会話、何よりも、ひとりきりのところを目撃された際の、呪文めいた国籍不明の祈りの文句と動作で目立つことになった。それに比べれば、いつも手にしている日本語の辞書に眼を通すなど、平和な光景に過ぎなかった。

その日の晩、彼はいつも通り、窮屈なベッドで定刻に眠りにつき、朝、同室の者が眼を醒ますと姿を消していた。

のみならず、F6Fが一機、自軍の厳重な監視と警戒網を突破し、何処ともなく飛び去った事実も、十数分の後に発覚したのであった。

「敵機襲来！」

監視塔からの叫びと手廻しサイレンの音に、搭乗員たちがとび出して来たのは、正午少し前であった。

「何機だ？」

Ｆ６Ｆ

　陣外の問いに対する返事は、驚くべきものであった。

「単機であります」

「何ィ？　爆撃か？」

「いえ、戦闘機です。爆弾は装着されておりません。Ｆ６Ｆヘルキャットと思われます」

　全員が顔を見合わせた。

「たった一機で爆撃でもないとすると――何かの挑発行為ですかね？」

　陣外の隣りで実年齢より二十は老けて見える明建寺《みょうけんじ》二飛曹が首を傾げた。

「何の挑発だ？」

「いや。おれは男だ、とか」

「莫迦な」

「では、投降では」

「まさか」

数分後、陣外はその言葉を苦々しく反芻《はんすう》するのも忘れてしまった。

誰ひとり邀撃《ようげき》に出動せぬうちに、わずかな対空砲火の間隙《かんげき》を縫って、〃ヘルキャット〃は悠然《ゆうぜん》と降下し、見事としか言いようのないテクニックでもって滑走、一同の前に停止したのである。

たちまち三八式小銃を構えた陸兵が取り囲む。

風防が開いて姿を現したパイロットを見て、居合わせた全員からどよめきが上がった。

二メートルを優に超す長身とその半分はあるのではないかと思われる長い顔――米兵の中でも少ないに違いない搭乗員は、澱《よど》みない日本語で、

「こんにちわ。私はエリオット・ウェイトリイ。米海軍一〇四航空部隊所属の飛行曹長です。捕虜になりたく参上いたしました。司令殿に会わせて下さい」

こう言ってのけたのである。

## 2

「おかしな野郎だ」

「通訳はいらねえから便利だ。司令のところへ連れて行け」

「もう来ておる」

声の波動が、勝手な言い草を次々と消去していった。全員がふり向き敬礼を送った。

「私がこのエリラ基地の司令・笹だ。我が国の言葉が達者なようだな」

「はい。五日間も勉強しました」

「五日？」

「はい。ところで、捕虜《ほりょ》にして下さいますね？」

「よかろう」

みな眼を剥いた。

「司令――何を仰っしゃるのですか？」

「何をあわてている？」

と笹はうるさそうに眉をひそめた。

「米軍から捕虜にしてくれと言っておる。そうするしかなかろう。それとも、銃殺にでもするか？」

一同、何も言えずにいるうちに騒ぎの当人が、

「銃殺は困ります。それと――監視なしで基地内を自由に歩き廻る権利を認めていただきたい」

「それは出来ん。捕虜は営倉《えいそう》と何処の国でも決まっておる」

「私はお役に立ちます」

「捕虜の言い草とも思えんが、とにかく営倉だ」

「話し合いましょう」

「気楽な奴だな。その前に尋問《じんもん》をする――食堂へ連れて行け」

ところが、その捕虜志願者は、先刻口にした以外のことは一切語らず、みなと同じ扱いにしてくれ一辺倒で、遂に副司令の勝俣中佐が満面に朱を昇らせて、

「貴様――自ら投降とぬかしおって、こちらの質問には何も答えぬとは、どういう了見《りょうけん》だ？」

「捕虜になるのと、自軍の内情を暴露するのは別です。私はそのような破廉恥《はれんち》な行為をするために来たのではありません」

「貴様」

「よさんか」

と笹が止めて、

「では――何をしに来たのだね？」

「申し上げても信じてはいただけないでしょう。そうしていただくためには、私を自由にさせて下さい。スパイ行為や妨害工作などは一切行わないと誓います」

「鬼畜米兵の誓いなど信用できるものか!?」

勝俣は笹の方をふり返って、

「この様なふざけた輩が、虜囚《りょしゅう》の身を望むなど考えられません。即刻銃殺すべきです」

しかし、やや小心だが穏やかな司令は、かぶりをふった。

「国際法によって、捕虜の虐待は禁じられておる。ただし、常識的な捕虜とは考えにくい。営倉へ入れて連日尋問、加えて監視役をつけて情報提供の説得に当たれ」

驚くべき長身が、営倉の方へと連行されるのを見送りながら、陣外は肩をすくめた。

「間諜《スパイ》でしょうか？」

と訊いたのは未来である。米兵を見るのは初めてらしく、顔中が好奇心にかがやいている。

「うーむ、わからんな」

「どうしてです？」

「捕虜にしてくれと乗り込んで来る間諜がいると思うか？　悪くすれば拷問にかけられるんだぞ」

「では、何でありますか？」

「わからん」

「米国人って、みなああなのでしょうか？」

「まさか。おまえ――楽しそうだな」

「とんでもありません」

否定しながらも、未来は笑顔を隠せない。交戦の意欲は憎悪とは無関係であるらしい。初めて見る青い眼の兵士が珍しくてならないのだ。敵と交戦すれば、いつの間にか抜き難い敵愾心《てきがいしん》が形成されるものだが、内地から直接この島へ送り込まれた若者には、憎しみではなく汲めども尽きぬ興味の対象なのだ。

「でも、ああいう奴ばかりなら、少し度胆《どぎも》を抜いてやれば、あっという間に降伏するのではありませんか？」

「そいつは凄い。理想的な戦争だな」

「笑わんで下さい。さもなければ、クトゥルーの一味では？」

「どうしてそう思う？」

「いくら米国人だからって、あんなにでかい奴――まともではありません。顔だって、長さは馬並みだし、顎《あご》なんかひどく短い、手は毛むくじゃらだ。夜中に出食わしたら、気を失いそうです」

「全くだ」

周りの搭乗員から笑い声が起こった。

「クトゥルー本体は海の底で眠っているけど、地上にはその信者どもがいる、そのひとりではありませんか？　どっか化物じみています」

「その辺は司令殿に任せよう。おれたちの相手は空にいる」

言ってから、ホントかよ、と思ったが、周りからは、小気味よい拍手が返って来た。

　そのとき、またもサイレンが鳴り響いた。

「またかよ——おい、これは本番だぞ」

　誰のものか、緊張した声であった。

　滑走路の方を見ると、整備兵たちがとび出して行くところだった。

　空を見た。黒い粒が散らばっている。爆音はまだだ。

　陣外は兵舎にとび込んだ。飛行服を身につけた。みな焦ってはいるが、手際は鮮やかだった。

「よし！」

　兵舎を駆け出た。滑走路には発着係が出て、手旗をふっている。陣外より早く操縦席《コクピット》に乗り込んだ顔が幾つも風防《キャノピー》の向こうに見えた。プロペラの起こす風が頬を打った。


通常の進攻作戦の場合に行う機体の点検もせず、陣外は操縦席に入った。

　整備兵の手を借りて、安全バンドで身体を固定する。気流の変化で身体が浮き上がるのを防ぐためである。本来はこの前に、落下傘と身体を落下傘バンドでつなぐのだが、陣外は無視することにしていた。後方の監視がしづらくなるのである。

　操縦桿《そうじゅうかん》と方向舵踏棒《フットバー》を動かし、〝三舵の動き〟を点検するのも倍の速さで完了させた。三舵とは、昇降舵、方向舵、補助翼を指す。

　燃料計を確認し、AMCがフリーの状態にあることを確かめ、動力計のチェックを行ってから、燃料コックを増槽《ぞうそう》から翼内のメイン・タンクに切り換えた。プロペラのピッチを低く固定、地上整備員に「車輪止め《チョーク》払え」の手信号を送る。この間、

零戦

五、六分は必要な作業を陣外は一分で行った。
すでに何機かが宙に舞っている。隊列を組むのは上空でだ。

さらに一分後、陣外の身体は銀翼をゆする「栄」のエンジン音とともに空中にあった。

零戦の巡航高度は三～四千メートル。エンジン全開の場合、約三分で到達する。指揮官機は後続機が追尾する余裕を見て、八〇パーセントの馬力で上昇するが、今回は最初から全開で飛ばした。

三五〇〇で小隊単位——三機編隊を整える。先に上がっていた三機はすでに組み終えていたため、陣外は後続の二機と組んだ。顔はよく見えない。機体のナンバーも当てにはならなかった。迎撃戦の場合、一刻を争うため、みな最も近くの機に搭乗してしまうからだ。

B 24

――敵とはどいつだ？　クトゥルーか、米軍か？

陣外は、いつになく緊張と興奮の風にあおられて浮動中の心情に気がついた。

後方確認の後、左横を見た。一機ついている。風防の中で浅黄隊長の顔が笑っていた。

先に出るぞ、と合図して、浅黄はたちまち先頭になった。後続に二機がついている。

エリラ基地を爆撃させてはならない。充実してはいるが小規模の施設は、三本締めをこなすくらいの間に壊滅的打撃を蒙《こうむ》ってしまうだろう。

そろそろ遭遇《そうぐう》地点だ、と判断し、陣外は風防を開いて、下方の確認に移った。他機の連中も――勿論、敵も――眼を光らせているに違いない。

前方五〇メートルほどのところを飛ぶ機から

F4F

も搭乗員が身を乗り出して、こちらをふり返った。未来だった。笑顔が陣外の網膜《もうまく》に灼《や》きついた。

すぐに前方へ戻して、未来は急に左下方を指さした。

陣外も気づいていた。

直掩《ちょくえん》機十機、爆撃機三機と踏んでいたが、倍はいる。コンソリデーテッドB24〝リベレーター〟とグラマンF4F〝ワイルドキャット〟。

——人間相手か
少し気が楽になった。

ひょっとして、うちじゃないのでは、と思ったくらい大がかりの部隊だった。

みな、気がついた。

——初見は未来か。

敵の発見は、部隊の勝敗を決する最初にして最大のポイントだ。奇妙なことに、先頭機や最も接近している機が発見するとは限らない。多くの場合はベテラン搭乗員だ。エリラ島部隊では、ダントツで陣外が多い。それが初陣の未来に一発でお株を奪われた。

——とんでもねえ奴かもな

敵との高度差は約千メートル。距離は約七千。気づかれていない。

こういう場合はやり過ごし、敵の斜め上空で旋回、一気に攻撃——離脱する。

青空が陣外を包んでいた。雲もある。

「やれやれ」

自然に口を衝《つ》いた。もう年齢《とし》かな、と思った。

浅黄機が翼をふった。攻撃開始の合図だ。敵は眼下を通過している。

全機旋回し、浅黄機が一気に降下した。

——行くぞ

思い切り、陣外は操縦桿を押した。全身を闘志が包んでいた。

陣外はF4Fを狙った。まずは戦闘機だ。のろい爆撃機は何とでもなる。

気づかぬ敵の後ろ上空から襲いかかるのは、理想的な戦法であった。三年前、九江《きゅうこう》基地であるベテラン搭乗員がこう教えてくれた。

「格闘戦は絶対に避けろ。敵が気づかぬうちに落とせ。そのためには、後方上空から襲いかかって風防を狙え。パイロットを斃《たお》すには、二〇ミリ一発で済む。機体へ射ち込む百発が助かるぞ」

ドドドッ。

二〇ミリ火線二本は一〇〇メートル前方で交

差した。

炎が上がったのは、左翼のつけ根近くであった。陣外は眼を剥いた。先を越されたのだ。後ろをふり返ると、横取り野郎は右横にいた。未来だ。笑顔の横に片手が上がった。それをふって挨拶に変え、若者は大きく旋回に移った。陣外も新たな一機に狙いをつけていた。風防へ叩きこんだ。

ガラスが吹っとび、赤いものが四散する。そのまま右下へ抜けつつふり向いた。

敵はいない。虚空は混乱のさなかにあった。

降下して行く白いすじが眼に入った。四本まで数えて、陣外も降下を続けた。

一五〇〇で上昇に移った。

上空では追いつ追われつの段階《レベル》が展開していた。

B24が次々に墜ちていく。

陣外は、僚機の後を追うF4Fに狙いを定めた。僚機が火を噴いた。

――しまった⁉

ほぞを噛む思いで陣外は二〇ミリを放った。弾道はほとんど直線上の敵の風防を破壊した。

右方を白い弾光が流れた。閃光弾《せんこうだん》だ。零戦の二〇ミリと七・七ミリは、四発に一発ずつ閃光弾を装備している。弾道を破壊するためだ。敵も同じだった。

――廻られたか⁉

二〇〇の間合いで追撃してくる。

「下りるぞ」

陣外は垂直降下に移った。

敵も尾いてくる。

――しつこい野郎だな、狩猟民族め
獲物を仕留めずにはおかない狩人《かりうど》の血の業《ごう》に、陣外は何度も直面していた。軽戦闘機たる零戦は、そもそも多重量の敵戦闘機に比べて急降下が弱い。敵もそれに気づいているのだった。

――さあ、そろそろ行くか。

思い切り操縦桿を引いた。フット・バーも限界まで稼働させる。

凄まじいGが陣外を座席に押しつぶした。骨のきしむ音が聞こえる――と思ったら、機体の悲鳴であった。

時速五五〇キロでの急降下から急上昇――陣外は殆ど速度を落とさなかった。

そして、半径二〇メートルの旋回。

F4Fは、五〇〇メートルも下方で体勢を立て直そうとしていた。陣外の眼には静止状態だ。

上昇に移らんとする機体へ、陣外は発射把柄《はへい》を握りしめた。

## 3

敵機撃墜数は戦闘機十一、爆撃機五の十六機であった。ただし、戦闘中での確認は曖昧さを免れず、中告はどうしても希望的観測の率が増す。

陣外は七掛けと見ている。自分は四機墜としたつもりだが、地上や空中での爆発まで確かめてはいない。

こちらは二機――兵庫出身の島村二飛曹と大

阪出の神戸《かんべ》一飛曹が墜とされたものの、ともに、落下傘《パラシュート》で脱出。地上部隊が出動して、無事に救助した。

夕食後、表で一服していると、未来がやって来た。

「――何だ？」

「いえ、別にありません」

「用がないなら、あっちへ行け。おれは独りが好きなんだ」

「またまた」

「何がまたまただ？」

陣外は遠慮なく尊敬の笑みを送りつけてくる若者を、訝《いぶか》しげに見つめた。

「噂の急降下から急上昇――〈荒鷲《あらわし》落とし〉。初めて拝見しました」

未来は興奮を隠さなかった。

「そうそう。おれたちも見ました」

二人――大海三飛曹と蓮台寺一飛曹が加わって来た。唐手の名人が惚れ惚れと、

「いや、大陸にいるとき噂には聞いていましたが、凄えもんだ。幸い近くに敵はいませんでしたが、いたら、何だあの神技はと、ぽかんだったでしょうね」

「何がぽかんだ」

陣外は蓮台寺の大きな顔を睨みつけた。

「他人《ひと》の飛びっぷりを見てる暇があったら、一機でも多く敵さんを墜とす努力をしろ。その前におまえらが撃墜されたらどうするつもりだ。親が泣くぞ」

「わかっております」

蓮台寺はいきなり直立不動の姿勢を取った。

「ですが——あの戦法は戦闘中であることを忘れさせる素晴らしさがありました。拝見できたことを、一生の誇りといたします」

「自分もです」

と神戸も両手を腿の横につけた。

「もういい。楽にしろ」

陣外は苦笑いを浮かべた。悪い気はしないが、何処か泡立つ感覚が抑えられなかった。

「副長——あれはどうやるのでありますか？　学びたくあります」

今度は未来が直立不動になった。

「自分もです」

と大海。

「お願いします」

蓮台寺と来て、

「教えて下さい」

「学びたくあります」

声が増えている。

陣外はふり向いて、十人もいるのに気がついた。

「覚えて敵を墜とす、か？」

「当然であります」

未来が胸を張った。

「では、駄目だ」

「ど、どうして!?」

これは全員の合唱であった。

「あれはおれの秘術だ。教えて身につけられるもんじゃない。中途半端に使ってみろ、敵機を落とすどころか、上昇に移った途端に空中分解だ。まともに使えるようになるまでに——そうだな、この戦争が十回も終わってしまうだろう」

熱い南海の夜気の中に、粛然《しゅくぜん》たる一塊《いっかい》が生じた。

声を失った部下たちへ、にやりと意地の悪い笑みを示して、

「そういうこった。諦めろ」

「諦めません」

「未来、おまえなあ」

「副長殿が教えて下さらないのなら、次の戦闘でおやりになったものを盗みます。それが駄目ならまた次に——そうやって身につけます」

「そんなに何回も秘術を使っていたら、おれの生命が幾つあってもたまらん。あれは千回に一回、万戦に一回だから秘術というんだ」

「ですがもう有名です」

賛同の声が上がった。

「うるさい、とっとと寝ろ。二度と見せてやるものか」

本気で怒鳴りつけると、ようやく好奇心集団は解散した。

陣外は海岸へ行こうかと歩き出した。波の音を頼りに歩けば二十分とかからない。

「ん？」

足を止めたのは、いつまでたっても、波の音が変わらないからだ。

愕然となった。

違う。

木立ちの中にそびえる建物は——獄舎ではないか。

扉の前に見張りが二人立っている。

「どうして、こんなところに？」

声が出た。

「誰か!?」

声と同時に、三八式の銃桿《ボルト》を引く音が弾けた。

「飛行隊の陣外だ」

光が眼を灼いた。懐中電灯だ。

「失礼いたしました」

突きつけた銃を戻して、二人は敬礼した。

「何の御用でありますか?」

と恰幅《かっぷく》のいい方が訊いた。

「いや――散歩のついでだ」

二人は顔を見合わせ、幽霊でも見るような眼つきで陣外を見直した。視線が足に吸いついた。

「何事だ?」

威丈高《いたけだか》に訊いた。

「いえ、実はその――ついさっき、女が来たのでありますす」

「女? 看護婦じゃないのか?」

この小さな基地には、同じスケールだが設備の整った病院があり、医者がひとりと看護婦が二名勤めている。滅多に兵舎の方へやって来ないのは言うまでもない。

「いえ。違います」

痩せた方が激しくかぶりをふった。

虚《うつ》ろな表情――というよりひどく怯えている風だ。

「何ィ?」

「その女は白い浴衣《ゆかた》を着ておりました」

「本当であります。自分も見ました」

太った方が、こちらは激しく首を縦にふった。

話を聞くと、いま陣外がやって来た方から白い姿が現れ、止まれと言っても止まらず、二人の前まで来た。

実に美しい、清楚《せいそ》な顔の娘――十七、八に見えたという。腰まである長い髪が風に揺れていた。

「だから、止めなかったのか？」

と訊くと、
いや、気がついたときは、顔など見えなかったが、何か頭がぼんやりして、こちらへ来るのを見ているしかなかったと言う。

何処の誰だ、と訊くことも出来ずにいるうちに、女はとんでもないことを言い出した。

ここにいるアメリカの方に会いたい、と。

これも二人が応答しかねていると、すうと扉に溶け込むように消えてしまった。

「莫迦なことを。おまえら女のことばかり考えているから、そんな幻を見るんだ。軟弱者が」

と陣外は笑って、

「それきりか？」

「いえ」

「何？」

「少し――十分ほどしてまた出て参りました。そして、自分たちにこう会釈《えしゃく》をして、もと来た方へ歩いていったのであります」

「おまえたち――内部《なか》へ入ってみなかったのか？」

「は、その、やはりこう、ぼうっとしておりまして」

「その女は、どっちへ行ったのだ？　右か左か？」

「いえ、真っすぐに海岸の方へ」

「何だ、そりゃ、狸か狐か、それとも魚の化物か？」

「違います」

いきなり第三者が割って入った。

扉からの声——内部にいるのは、おかしな米軍捕虜だ。獄舎は木造りだから、声もよく通る。しかし、こっちの話がよく聞こえたものだ。

「そうか、膝つき合わせて話したのがいたな。何とかウェイトリイだったか。自分はエリラ航空部隊副長の陣外大尉である。その女と何を話したのか？」

「お構いも出来ませんが、お入りになりませんか？」

姿なき声は、陣外の頭の中で静かに鳴り響いた。

「よかろう」


これには見張りたちがあわてた。

「こ、困ります、大尉殿。自分たちの責任が持てません」

口々に言うのへ、

「すでにひとり入ってるんだ、まあ良かろう。それに、おれは柔道三段、唐手二段。でかいだけのアメ公になど敗けはせん」

「しかし」

「構わん。おまえたちは何も見なかった。幽霊に怯えて、そいつがここへ入るのを手をこまねいて見ていた——そんなこともなかった。そうだな？」

二人は顔を見合わせ、はい、と直立した。

錠前を外させ、陣外は獄内に入った。

細い通路の両側に小房が五つずつ並んでいる。

それぞれ鉄格子が嵌まっているのは言うまでもない。

声の主は、右側中央の房の寝台《ベッド》に腰を下ろしていた。

鉄柵を嵌めた窓から差し込む月光がその巨体の影を床に落としている。

陣外は別世界へ来たような気がした。

それは立ち上がり、巨大な右手を突き出して、こちらへ近づいて来た。

「すまんが、敵兵と握手は出来ん」

「失礼しました。エリオット・ウェイトリイと申します」

五日間で習得したというその日本語の流暢《りゅうちょう》さに改めて驚きながら、

「陣外だ」

向かいのベッドに腰を下ろした。眼の前にすると、巨大さが改めて身に染みた。身につけた武術の技が効くかどうか、自信は喪《うしな》われていた。

「お待ちしておりました」

「待っていた？」

「ここへお招きしたのは、私です」

「何ィ？」

いよいよ、この島も本格的におかしくなってきたかと思った。

「いいか、おれは自分の意志でここへ来た。おまえの力じゃない」

強く言い放った。巨人はあっさりと首肯《しゅこう》した。

「失礼いたしました。少々、お話ししたいことがありまして」

「おまえと話すつもりはない。それより、ここへ来たという女――あれは何者だ？」

「じき――お判りになります」

「何ィ？」

「明日――届けられるでしょう。今夜ご覧になったのは夢物語です」

「明日？　幽霊か何かじゃないのか？」

闇の中で捕虜は笑ったようである。

「何がおかしい？」

「彼女はまだ海上にいます」

「……」

捕虜は話を変え、

「外の見張りが話しているのを聞きました。凄い戦い方をするパイロットだそうですね？」

「おれのことなら、何も知らん連中がそう言ってるだけだ」

「ご自分で身につけられたのですか？」

「そうだ。コツだけは先輩に教えてもらったがな」

何故こんなことを初対面の外国人捕虜に話すのか、疑問を抱きながらも陣外は答えた。

「先輩？　どなたです？」

ここで我に返った。

「誰でも良かろう。捕虜の知ったことじゃない」

「邪魔が入るようですね」

「何ィ？」

捕虜――エリオット・ウェイトリーはちらと天井を見上げて何かつぶやいた。

「――何だ、それは？」

「何でもありません。今日はここまでにしましょう。お休みなさい。さようなら」

捕虜の分際で勝手に、と思ったのも一瞬、陣外は立ち上がっていた。

声をかけて扉を開けさせ、外へ出ると全身から重い枷《かせ》が失われたような気がした。

「それじゃ、な」

二人に挨拶して歩き出した。道へ出る直前、足音が追って来た。

恰幅《かっぷく》のいい方だった。

「どうした？」

「実は——自分たち、その女と話しました」

「何ィ？」

「大尉殿のおっしゃるように気のせいかと黙っておりましたが」

女がこちらへ歩き出してすぐ、名前を尋ねたと言う。

そうしたら、

「——秋夜《あや》と答えました。秋の夜と書くそうであります」

月が明るい。その下で、白い浴衣の女が、秋夜と名乗った。

誰がつけた名か。

「明日わかるとか」

「は？」

「何でもない。いい名前だな」

「自分もそう思います」

陣外は微笑して歩き出した。

遠く波の音が聞こえた。

その晩、夢を見た。

故郷の村で出征する彼を見送った近所の娘の夢だった。ひとことも交わしたことのないその娘は、白い浴衣を着て、腰まである髪が風に揺れていた。

夜明け近くに眼醒《めざ》めた。暑いのにひどく涼やかな気分だった。まるで急に戦争が終わったような、そんな心地良さだった。

# 第三章　海よりの翳たち

## 1

整備班は朝から大忙しだった。戦闘から戻った零戦は、被弾《ひだん》した機は勿論、無事な機でも不都合が幾らでも出てくる。

エンジンから二〇ミリ機関砲、七・七ミリ機銃、主翼、補助翼《エルロン》、方向舵《ラダー》、フラップ、燃料タンク、滑油タンク、ピトー管、機器類、その他――わずかな捻じれ、ゆるみ、歪みが、数千メートル上空の生死を賭けた戦いでは、突然の生命取りになる。愛機といっても所詮は機械である。いかなる名パイロットも、狂った機体では戦いようがないのだ。

油《オイル》まみれで修理と調整に励んでいた、ひときわ大儀そうな外谷整備班長の下を、ふらりと陣外が訪れた。

「大変そうだな」

「いやあ、これが仕事で」

と汗を拭《ぬぐ》う肥満体に「朝日」を差し出し、マッチで火をつけた。

「地獄で仏ですが、火はいけませんよ、大尉」

苦笑して消し、

「これは失礼した。しかし、使っているときは何も感じないが、こうやって中身を見ると、おまえたちの苦労が良くわかる。どれがどうなってるのか、おれにはさっぱりだ」

「搭乗員の方に飛行機の中身までわかられちゃ、自分たちの出る幕がなくなります。しかし、正直なところ、こう大水が出て、それが退くと、きれいに修理が終わってる――そんな夢を見ることがありますよ。ま、ラバウルなんて火山があるもんだから、金物《かなもの》はすぐ錆《さ》びてしまう、エンジンは灰だらけ、離陸んときは灰を巻いて走るなんて有り様ですから、これくらいで文句言っちゃバチが当たりますが」

外谷は格納庫の外へ出て、煙草を受け取った。分厚い唇から噴き出す紫煙《しえん》はじき空気に紛れた。

「ん?」

陣外が眉を寄せた。

「どうしました?」

「波の音だ。海が荒れ出したぞ」

「そうですか?」

と耳をそば立てて、

「自分にはさっぱり。大尉殿得意の勘て奴ですか」

立ち尽くす身体が急速に翳《かげ》った。

同時に、広大なバラックの天井を激しい雨音が叩いた。

整備員たちが眼をかがやかせた。

「スコールだ!」

「こいつは凄えぞ、大型だ」

「台風じゃねえのか?」

「外の機体に合羽《かっぱ》をつけろ」

ヤシの葉をつないだ雨除《よ》け合羽《カバー》を手に、何人もがとび出していく。その身体を雨しぶきが白く形取った。

稲妻が走った。

雷鳴の轟きは空爆を思わせた。

整備員のひとりが身をすくめて、

「おれんとこは雷の名所なんだけどよ、子供の頃から何千回聞いても慣れねえんだ。しかし、こいつは今まで聞いたどれよりも凄えや」

頭上の雨音も激しさを増した。

外谷がふり仰いで、汗まみれの顔を不気味そうに歪めた。

「確かにこりゃ凄え。ただのスコールじゃねえな」

陣外が待てよ、と言った。確か、大海が偵察に――。

「無線室へ行ってみる――じゃ、な」

外谷の肉づきのいい肩をひとつ叩いて、陣外は叩きつける雨の下へ走り出した。

無線室には浅黄と未来がいた。年齢《とし》も近いし同期だけあって大海と未来はは仲が良い《い》。心配なのだろう。

「どうです？」

陣外の問いに、二人とも首を横にふって応じた。未来が、

「こちらからも連絡をと伝えているのですが、空電がひどいらしくて、通じているのかどうか」

返事はないということだ。

「空電？」

「そうだ」

浅黄が首をかしげた。通信手がふり返って、

「こんなひどいのは初めてです。このスコールは

異常ですよ」

外谷も別の整備員も、言い方は異るが同じ意味を伝えた。

三人の眼が合った。言葉に非《あら》ず、瞳がひとつの言葉を浮かび上がらせた。

〈クトゥルー〉


そのとき、無線器《トンツー》を叩いていた通信手が、耳の受信器に手を当てた。

「大海より入電あり」

「おお!?」

喜びの声が通信室をゆらした。

「何と言ってる?」

陣外の問いに、返事はすぐにはなかった。通信士の表情が、それ以上の問いを止めた。

他の通信士もこちらを見た。何か異常なことが、同僚の耳の中で起こっている。わかるのだ。もう少しかかる、とみなが思ったとき、

「島の西岸約〇・八浬《カイリ》（約一・四キロ）沖に旧型船舶を認む」

と来た。

「旧型船舶? 何だ? 難破船か?」

通信士が、打電する指に、浅黄の問いを乗せた。

今度はすぐ返事があった。

「全長――約一〇〇メートル、三本マストの帆船《はんせん》――!?」

「帆船――おい、島の連中の船か?」

「まさか。連中に一〇〇メートルなんて寸法の船は造れっこありません」

陣外は言下に否定した。

「何処の国の船だ？」

浅黄の声は低い。

打電、そして、応答。

「船籍も船名も不明。ひどく古い――まるで、アメリカの海賊映画に出てくるような」

「そんなボロ船が、この嵐の中で何をしてるんだ？　どっちにせよ、助けにゃ出られっこねえが」

窓ガラスが激しく鳴った。

「――風雨が激化しつつあり。帰投する、と」

それを聞くなり、陣外は通信室をとび出した。外まで出るや全身を雨の乱打が襲った。まるで水中だ。

一気に格納庫まで走った。

普段は外に置きっ放しのバイクとサイドカーが何台も収容されている。バイクに駆け寄り、

「鍵だ」

「ついてます」

と外谷が叫んだ。

「借りるぞ！」

「『朝日』――三箱ですよ」

「任せとけ」

海岸への道へとブレーキをかけてハンドルを切ったところへ、未来が駆けつけた。

「何処へ行くんです？」

「ひと泳ぎだ」

「自分も行きたくあります！」

「よかろう。もう一台だ。三箱でいいな」

外谷は、ぶうと言って黙った。

三分とかからず、ずぶ濡れの車と二人は海岸に

着いた。

「これじゃあ泳ぐ前から海坊主であります」

「うまい」

陣外は備えつけの双眼鏡を眼に当てて、運転席から立ち上がった。

「見えますか？」

未来の声には諦めが強い。彼方のヤシの木が影にしか見えない土砂降《どしゃぶ》りなのだ。一五〇〇メートルも離れた船など視認出来るはずもない。

「いたぞ！」

陣外の叫びに耳を疑った。

「見せて下さい」

陣外はあっさりと双眼鏡を手渡してくれた。

「あそこだ」

指さす方を見たが、灰色の世界と波だけだ。ここは岩場から五メートルも上だが、飛行艇用の水中滑走路は水の中だろう。

「――何も見えません」

「この眼腐《めくさ》れが」

陣外は罵《ののし》って、

「ほら、あそこだ。おい、甲板に人がいるぞ。ボロ着た若いのだ。こっち見てやがる。お、入っちまいやがった。しかし、何だこいつは？　帆なんざボロボロで木造だ。おい、あれは幽霊船だぞ」

「まさか」

と言ってみたが、見えない以上、反論のしようもない。からかわれているのか、と腹が立った。

陣外はなおも雨と波を見透していたが、一分とたたぬうちに、

「おい、向きを変えたぞ。出航だ」

と言った。

「一体、どういう——」

双眼鏡を離して、未来は陣外を見上げた。問いは帆船に関してばかりではなかった。未来も戦闘機乗りだ。視力は陣外にも劣らぬ自信がある。その自分にはからっきしで、陣外にのみ鮮明に遠望できるとは——その謎への問いかけであった。

「逃げるぞ」

不意に陣外が呻《うめ》いた。

「え？」

「高波だ。あいつの置き土産か？　基地も危ないぞ」

未来が呆然としている間に、陣外はバイクのハンドルを握った。未来もあわてて続いた。凄まじい加速が身体を思いきり引っ張る。


斜めに走る雨を透かして未来は海の方に眼をやった。

壁のようなものが高く高く近づいて来る。

全身が総毛立った。

「外谷の野郎——願いが叶ったな」

と陣外がつぶやいた。


幸い、事態は陣外の予想を大幅に外れた。

波は海岸線に近づくにつれて急速に力《パワー》を失い、滑走路を浸しただけで退いて行った。

そして、陣外のサイドカーが戻って十分もたたぬうちに、雨も風も沈静化し、雲間から太陽が顔を覗かせたのである。

陣外と浅黄が真っ先に駆けつけたのは、浅黄への報告を済ませたばかりの大海の下へだった。

ありゃ何者だ？

という二人の問いに、大海はぎりぎりまで低空飛行で近づいたと言い、それから、とても嫌そうに、甲板にいたのは日本人だったと告げた。

「日本人が、こんなところであんなボロ船にか？　難破したのなら、なぜ、連絡をよこさん？」

浅黄が眼を剥いた。大海は当然、わかりませんと答え、ただ、着ている服は外国製らしい現在《いま》の防水コートだったとつけ加えた。

「そいつは、おまえに気がついたはずだ。反応しなかったのか？」

これは陣外の問いである。

大海はかぶりをふった。

笑いましたと大海は答え、少し考えてから、とても懐かしそうに、と言った。

「笑顔と高波か——訳がわからん」

浅黄が腕を組んだとき、大海が実は、と言った。

「何だ？」

「これは見違えかと思うのですが、女もおりました」

「女？」

「白い浴衣を来た若い女——まだ十七、八かと」

「その女がどうした？」

「それが——海中へとび込んだのです。すぐ波に呑まれて見えなくなりました」

「その女は——」

浅黄が言を進めようとしたとき、司令部付きの下士官が駆けつけ、大海と浅黄に、司令がお呼びですと告げた。

二人を見送ってから、陣外は獄舎へと向かった。

幸い見張りは別の用に駆り出されたのか、扉の前は無人だった。

扉を叩いて事情を話し、

「明日わかると言ったのは、これと関係があるのか？」

と訊いた。

「昨日、おまえは邪魔が入ると言った後で、確かノーデンスと洩らしたな。あれもか？」

「準備を整えなさい」

ウェイトリイの声が流れて来た。

「危険が近づきつつあります。準備を整えなさい。事は急を要します」

「何のこった？」

「急いで――ここにいてはいけません。急いで――私もそれ以上はわかりません」

その声には、確かにこの世のものではない――別の世界の真実がこもっていた。

陣外は身を翻《ひるがえ》した。

## 2

それから三十分ほどで、陣外の努力は水泡《すいほう》に帰した。

おかしな米軍捕虜の言うことを、笹司令も、勝俣副司令も取り上げなかったのである。

おかしな帆船と関係があると説いても、証拠を見せろと言われて終わりだった。もっとも、準備を整えろと言われた陣外自身が、半ば駄目だろうと諦めていないこともなかったのだから、仕方がないと言えば言える。かくて、エリラ島航空隊は、何の準備もなく、その時刻《とき》を迎えることになる。

食堂で不貞腐《ふてくさ》れていると、未来がやって来た。

またか、と陣外は腹立たしくなった。

未来は前の席を示して、かけてもよろしいですか？　と訊いた。

「好きにしろ」

「それで――」

「この服か？　偵察に行くつもりだ」

ついさっき着用した飛行服は、意味のない当てつけだ。司令の眼に届くはずがない。

「副長殿がわざわざ、ですか？」

若い表情に好奇の花が咲いた。

未来は声をひそめて、

「ひょっとして――あの帆船と関係が？」

「ない」

「では――クトゥルー？」

「――うるさいぞ」

「やっぱりそうですか。これはどうしても、〈荒鷲落とし〉技をお教え願います」

「おまえ、学校へ行ったよな？」

「勿論であります」

「出来のいい奴も悪い奴もいたな？」

「はい」

「悪い奴に先生が何回も同じことを教える――それで成績が良くなったか？」

「いえ」

陣外の本音がわかったらしく、未来の眼つきがややきつくなった。

「それだ。もうわかったろ？」

「自分はそれほど出来が悪くはないと思います」

「だからなおさら、だ」

「どうしてですか？」

「出来が悪けりゃ一、二回で向こうも諦める。南の島で操縦桿を握るほどの奴らだ。それくらいはわかるさ。しかしだな、なまじ出来がいいと、何回も繰り返せば出来る、と思い込んじまうんだ。いいや、確信だな。そうなりゃ、元はいいんだ。ある程度まではこなせる。ところが、その技は特別で、完璧にこなすか、ゼロか。九十点じゃ意味がない。敵が来た。いい条件が整ったぞ、やった、成功だ、とは行かないのさ。いい気分で実践している最中に、気がついたら落っこちてる――おまえ、そうなりたいのか？　それでもいいと言うな。教えたおれが堪《たま》らん」

「やはり――見て覚えます」

「わからん奴だなあ。暗記されるまで繰り返す秘術があるか。な、諦めろ」

「お断りします」

気をつけの形でこう答えたとき、大海と蓮台寺がやって来て、お仲がよろしいことで、と未来の両側にかけた。

蓮台寺の方はすぐに雰囲気を見抜いたが、大海は気にもせず、

「副長殿、〈荒鷲落とし〉ですが、ご自分で編み出したのですか？」

こういう無垢《むく》な質問には、陣外も腹を立てにく

い。

「いいや」

「へえ、何処のどなたに？」

三人の眼が爛々《らんらん》とかがやきはじめた。

新し物好きの子供なのか、本気で必殺技を学ぼうと夢中のプロかと考え、両方だなと陣外は納得した。

「台北航空隊の瑠璃宮《るりみや》中佐だ」

心底驚いた顔を見るのは久しぶりだった。しかも三つ。

こちらを指さし、ぱくぱくさせているだけの口が何を言いたいのかはよくわかった。

彼らには三秒ほど必要だった。

「あの――四年で撃墜数二百超」

「Ｆ４Ｆと一対二十で渡り合い、全機一撃で撃墜」

「でも――三年と少し前に、漢口《かんこう》爆撃の直掩《ちょくえん》に飛び立ち、未帰還となった――」

未来、大海、蓮台寺の順である。どの声にも子供のような憧れと畏怖《いふ》が満ちていた。

陣外はうなずいた。少し自慢たらたらだったかも知れない。

「その瑠璃宮三郎中佐だ」

天変地異に遭遇したような三人の表情を見ているうちに、これからは少し尊敬されるかも知れないなと思った。

南海の夕暮れは、朱色の落日と手を携えて訪れる。

日中の怪事に、西の海岸には発動機付きのゴムボートが出され、五名の歩哨《ほしょう》が配置された。

数分前に交代した砂田間《さだま》二等兵は、たちまち水平線に沈む夕陽の壮麗さに心奪われた。彼は海の国――佐渡《さど》の出身であった。

波打ち際で現地人の子供たちが遊んでいる。水の表に小さな頭が幾つも浮き沈みしている。砂浜には誰かの母親らしい女が腰を下ろしていた。

夕陽が水平線にその端を触れさせた頃、彼は左右の僚兵の声で我に返った。

「おい――子供が溺れてるぞ！」

心臓を鷲掴《わしづか》みにされる思いで、砂田間は眼を凝《こ》らした。

波打ち際に棒立ちになった子供たちの向こうで、波間に浮かぶ頭が、次々に海中へ吸いこまれていく。

「いかん！　みんな来い」

言うなり、岩壁から下の道路へとび下りた。

膝にずきん、と来たが、構わず走った。

途中でまたとび下り、砂浜を走り出そうとして、立ちすくんだ。

波は異様なものを産み落そうとしていた。

棒立ちになった子供たちの前に、そいつは迫っていた。

巨大なハサミをふりかざした黒い海老《えび》――しかし、凹凸の激しい甲羅《こうら》は鋼《はがね》のかがやきを放ち、小さな眼を備えた顔らしい部分の下方から、鞭とも触手《しょくしゅ》ともつかない筋が、びっしりとぶら下がっている。

「逃げろ！」

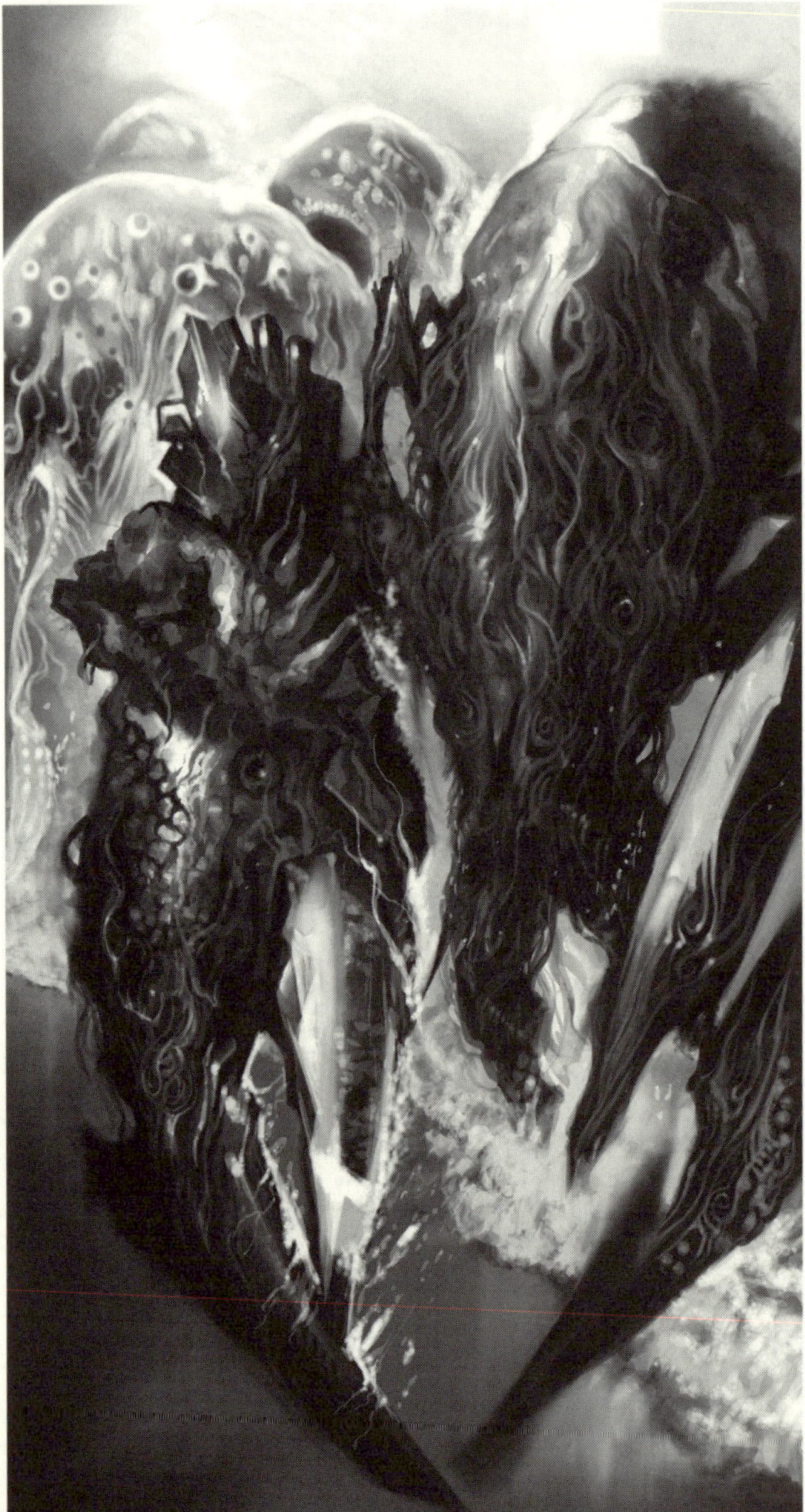

絶叫したのは砂田間ではなかった。岩壁の僚兵も気づいたのだ。

銃声が上がった。

そいつの甲羅は、まぎれもなく鉄の反響を上げた。

ハサミがふられた。女が駆け寄ったが遅かった。子供たちが薙ぎ倒される。届かなかった子も立ちすくんだままだ。常識外の存在に出合うと人間《ひと》はそうなるのだ。

「逃げろ！」

砂田間の声は急速に力を失った。海中から、次々にそいつらが姿を現わしはじめたのだ。五メートル、いや五〇メートルもの沖にも、ハサミが見え隠れしている。いや、他にも。

いま水から出た、半透明の、でかい海月《くらげ》そっくりの化物は何だ？　ツリガネソウみたいな内部に白い糸束が蠢き、その先端は青とピンクの光を放っている。五、六本の脚をひらひらさせながら上陸する様は、不気味を通り越して美しかった。

いつの間にか、残った子供たちの隣りに来ていた。四人いる。

近くの二人の肩を掴んだとき、白い鞭がしゅるしゅると流れて、そばにいた女の首に巻きついた。砂田間には成す術もなく、女は巨大な海月の頭部か胴に引っ張られ、そのまま内側へと吸収されてしまった。その皮膚は明らかに、人間の知る物質ではなく、何らかの液体で出来ているらしかった。

「逃げろ！」

子供たちの肩をゆすりながら、砂田間がその光景から眼を離さなかったのは、奇跡と言ってもいい。

我に返った子供たちが走り出しても、彼は海月の内部から眼を離さなかった。

銃声も気にならない。

吊鐘《つりがね》型の内部で女の身体は激しく浮動しつつ、その形を変えていった。溶けていく、肉がちぎれ、浮き上がり、分解した。骨も後を追った。女が完全に消滅するまでひどく長いようにも感じられたが、実際は七秒とかからなかったであろう。

砂田間下がれ逃げろ化物が来るぞ砂田間逃げろ
眼前にきらめく臓腑を備えた半透明の肉壁が迫った。

突如、それが震えた。


海月の頭部が弾けた。砂田間の頬に当たった感触は液体と異なる肉の一片と思われたが、払い落とした瞬間、水となって散った。

タタタと機銃音が鳴っていた。

基地からは機関銃のみならず、迫撃砲の発射も開始された。

陣外は岩壁の端から、海よりの侵略者を見下ろした。

何種類もの化物が、後から後から上陸し、こちらへ向かってくる。何匹かは砂浜で倒されたが、そいつらは波が打ち寄せるたびに姿を現わすように見えた。

砂浜は埋め尽くされ、先頭は基地への道路に達している。

三式中戦車

「何て化物だ。弾丸がみな跳ね返されるぞ」

「迫撃砲も効かん。あいつら一体何者だ？」

搭乗員も地上勤務の兵も、陣外が初めて見る恐怖の表情を並べていた。

「戦車を出せ」

あれ？　と右を見ると、笹司令と勝俣副司令が身を乗り出している。今のは勝俣の指示であった。そばについていた兵士が格納庫の方へ向かって、戦車と叫んだ。二人おいて、浅黄の姿も見えた。

無限軌道《キャタピラ》独特の走行音が一同をふり向かせた。

三式中戦車が三輌、格納庫から出て来るところだった。全長五・五メートル、全装備重量一五トン。欧米の戦車と比較すれば子供騙しだが、生身の生物相手には絶大な威力を発揮する。

「気の利く奴がいますね」

外谷整備班長が、顔の汗を拭き拭き海辺の化物戦線を見下ろしていた。

道路は半ばまで占領され、黒首の魔軍は、じわじわと基地に迫りつつあった。

「頑張れ」

「頼むぞ、三式」

いつも「ブリキの箱」と揶揄している搭乗員や整備員たちも感動のエールを送った。

戦車は黙々と彼らの背後を通過し、海岸への道路に向かった。エールに対しても、誰ひとり応答しない。

眼下を埋める魔性に、陣外は浅黄に向かって、

「飛ばして下さい」

と申し込んだ。浅黄はうなずいた。ようやく我に返ったらしい。

「飛行隊出動」

笹が陣外に命じた。浅黄を探している余裕がなかったか、浅黄に見えたのだろう。

「廻せ」

陣外は滑走路の方へ手をふった。整備兵が一斉に走り出す。

茜色の空に鳴り響くサイレンの音が、外谷班長の丸顔を上空にねじ向けた。

「敵機来襲——距離約三万」

「何ィ」

「まさか。アメ公てのは働き者じゃのお」

みな兵舎へと走った。装備を付けなくてはならない。陣外のみ、愛機へと突進した。嫌がらせの飛行服を着けたままだったのだ。

「来たか——クトゥルー」

と言い放ってから、少し驚き、すぐ――間違いないと確信した。全身が大きく震えた。

## 3

すぐには始動が出来ず、陣外が飛び上がったのは五分後――未来ともうひとりが遅れてついて来た。後の機も次々に上昇して来る。

七千まで上がって陣型を整えた。

敵もこちらの邀撃《ようげき》は覚悟しているだろう。さらに上をやって来る怖れがあるが、それならそれで対処するだけの技倆は全員持ち合わせている。

今後の敵がクトゥルーだったとしても、空中で渡り合う以上、おさおさひけを取るとは思えなかった。

だが、こんな夕暮れどきにやって来る以上、敵は十中八九クトゥルーだ。そして、人間とは異なる彼らの視覚は、漆黒の闇中《あんちゅう》でも見透すことが可能なのではあるまいか。――危ない初戦になるかもな。

陣外は腹を据えた。

若い連中のことが気になった。

そろそろ遭遇地点だ。

陣外は眼を凝らした。後方も怠らない。零戦の長所のひとつは、この全方位性風防だ。米軍のカーチスP40も、英スピット・ファイアーも、胴体一体型の風防のせいで、後部への警戒は大幅に制限されてしまう。

上方から灰色の機体が迫って来るところだっ

た。

——⁉

急降下に移る寸前、重い衝撃が機体をゆらした。

敵は待ち構えていた！

驚愕は一瞬で消えていた。敵機がカーチスP40と見抜いたのだ。速度・武器・格闘性能——あらゆる点で零戦の敵ではない。

だが、ふたたびの一瞬で、陣外の自信は失われた。

離れない。急降下に移った陣外に、旧式の戦闘機は距離を置かず、詰めもせず、約三〇〇離れて連射を続けてくる。窓外を火線が流れて、大空に消えていく。幸いパイロットの技倆は並みだ。ベテランなら三〇〇でも遠すぎるとおに知っている。だが、P40がこれ程の性能を示すとは。


「よし」

陣外は急旋回に移った。あっさり後ろについた。

眼を剥いた。

P40の全長一〇・一メートル、全幅一一・三メートルの機体は、びっしりとフジツボに覆われていたのである。

「なんだ、こいつは⁉」

驚きと恐怖が攻撃を忘れさせた。

「クトゥルー」

敵が右へ傾いた。

「逃がすか」

喉元まで熱いものがこみ上げて来た。闘志であった。人間《ひと》も化物も空中にいればどうでもいいことだった。必ず墜とす。これは戦闘なのだ。

世界最強の零戦の武器——二〇ミリ機関砲二

門、七・七ミリ機関銃二挺の弾丸が火線となって敵機に吸いこまれた。
火花が広がった。

道路をやってくる敵の一部がまとめて吹っとんだ。歓声が上がった。三八式歩兵銃で応戦する兵たちにとって五七ミリ砲の威力は絶大であった。

だが、巨大なハサミと海月は怖れた風もなく前進を続ける。機関銃と小銃の応射は子供騙しに過ぎなかった。

なおも射撃位置を動かぬ兵士たちの頭上を、爆音と機影が通過し、猛烈な機銃掃射に海魔どもが四散する。地上攻撃を担当する零戦の仕業であった。

「いやっほお」
「やっちまえ」

地上からの歓声に応えるかのように銀翼をふって、三機の零戦は大きく旋回し、掃射を続けた。海岸も道路も汚怪な色彩《いろ》と形の残影で埋まった。

なおも前進する尖兵は三七ミリ砲と機関銃が迎え討った。

——何とかなる

誰もがそう思った。

濃い茜色《あかね》の空を何かが飛んで来た。

それは明らかに水平線の彼方から飛翔《ひしょう》して来た岩塊《がんかい》であったが、それ自身眼を備えているかのように、三機の零戦に激突したのである。岩の直径は三〇メートルを超えていた。

零戦の破片と炎を貼りつかせたまま、それは基地ばかりか島の上空を越えて、一キロ沖の海中に落ちた。

さらにもうひとつ。

もはや、これはこの世の戦いとはいえなかった。ついに海魔の群れは基地内に侵入した。戦術も戦略もない、ひたすら数を頼りの人海戦術である。いや、魔海戦術とでも呼ぶべきか。

基地の周囲は二重のバリケードで囲まれていたが、たちまち倒され、海魔たちの侵入を許した。

ハサミが風を切り、海月の触手が伸びる。

首を切られ、胴を断たれた無惨な死体は、むしろ幸運だったかも知れない。

吊鐘に似た胴に吸いこまれ、みるみる骨と肉が分離し、溶解されていく者に比べれば。

爆音が轟いた。

味方だ、と誰もが思った。そのうちの何人かを機銃掃射が薙ぎ倒した。

急上昇に移る機体はP40で、表面はフジツボに埋め尽くされていた。

弾丸は兵舎をも襲った。

航空司令部は蜂の巣と化し、天井は崩壊した。滑走路の付近で爆発が起こる。積んであったガソリン・タンクが炎上したのだ。

新たな機銃掃射を食らった三式中戦車が火を吹いた。上面装甲はわずか一〇ミリ。一二・七ミリ機銃の前にはボール紙と同じだ。

「こりゃ、いかんぞ」

防空壕で迫る敵に機銃をぶっ放しながら、外谷整備班長はつぶれた声で呻いた。

「何てこった。アメリカでもイギリスでも支那でもなく、化物に全滅させられるとはよ」

空はなお紅い。

その下で、基地は滅びつつあった。


ハサミと触手は獄舎にも近づいていた。

見張りの兵はすでに戦場へと駆けつけ、押し寄せたハサミのひとつが扉を打ち破った。

内部《なか》には囚人がひとりいた。

その檻を切断するのも、瞬く間であった。

侵入はそこで止まった。


ベッドにかけた影は異様に背が高かったが、声は低かった。

「フングルイ……ムグルウナフ……ルルイエ……クトゥルー……フタグン……イアイア……ング……ンガー……ヨグ＝ソトホース……ヘ……ル……ゲブフ……アイ……トロドオグ……ウアアアー！」

狭い通路に風が巻き起こった。それが未知の神の叱咤《しった》でもあるかのように、海魔たちは後じさった。

人影は立ち上がった。

彼が四、五〇センチもある搭乗員用皮靴《パイロット・ブーツ》を一歩進めるたびに、ハサミと触手は数十センチ退いた。

「とうとう、この島の真の姿がわかったか、クトゥルーよ」

彼は日本語でつぶやいた。英語ではないが同じことだった。どちらも、この世界の言語でしかないのだ。

「戻って、父なるダゴンと母なるハイドラに、その下僕《げぼく》たる〈深きものたち〉に告げよ。遅かった、力持てる者還る、とな」

彼は右手を軍服の胸ポケットに入れ、一服の薬包を取り出した。尋問時、持病に必要な薬だと告げ、尋問官も舐めた上で許可された品である。

包みを破り、彼は中身を海魔たちに放った。

車も破壊され、ようやく本部への道へ出た笹司令と、勝俣副司令は、獄舎の戸口から後退する海魔たちを目撃して立ちすくんだ。得体の知れぬものたち以上の得体の知れぬ力が、彼らを怯えさせているのは明らかであった。

すぐに二メートル超の米国人が現れ、白い粉末をそいつらに撒《ま》いた。

海魔たちがこちらへ向かってくるのを見て、隠れ場所を捜そうとしたが、その暇もなく立ちすくんだ左右を、そいつらは流れ去った。

米人捕虜がこちらへやって来た。

二人の前――一メートルほどのところで立ち止まり、敬礼した。

「貴様――脱走は銃殺だぞ」

勝俣が十四式拳銃を向けた。

「牢を破ったのはあいつらであります」

と捕虜――エリオット・ウェイトリイは相変わらず流暢な日本語で応じた。

「自分は彼らを退散させました」

「そのとおりだ」

笹は認めた。

「そう言えば——その白い粉は何だ？　特殊な毒か何かか？　だとしたら——」

「尋問時に携帯を許可された品であります」

ウェイトリイは別の袋を差し出した。

二人の高官も確かに覚えていた。

「塩であります」

とエリオット・ウェイトリイは言った。

「塩で奴らが逃げるのか？　ならば——」

勝俣がふり返った。

轟く海魔たちが眼に入った。

声はもう出なかった。

「こっちにまた来ます！」

兵士が指さして叫んだ。

「怯えるな」

勝俣は怒号した。

「皇軍が化物ごときを怖れたら、生涯の恥辱だぞ」

笹は低い祈りを唱えるような声を聞いた。

「イア、イア、オグトロド、アイ、フゲブル、エエへヨグ＝ソトホースンガ、ング……」

ある考えが芽生えた。

待ってみよう。何が起こるかわからないが——待ってみよう。

耳障りなエンジン音が、かたわらで止まった。サイドカーである。兵隊が、

「お乗り下さい！」

と声を張り上げた。

「司令」

勝俣が腕を掴んだ。ウェイトリイを指さし、兵に向かって命じた。

「射殺しろ」

「よせ！」

笹が止めた。

ウェイトリイが左方――滑走路の方を見た。

「聞こえますか？」

ただでさえ細い眼を、さらに細めて訊いた。

「――？」

笹は勝俣の手をふり放して、耳を澄ませた。

急に、周囲のあらゆる音が退《ひ》いていった。

その奥に――

「聞こえる」

と返した。

爆音だ。

それが突然――生死の轟きに静寂を命じたものなのであった。

「奴ら――逃げるぞ！」

「射て射て。逃がすな！」

力を取り戻した声と銃声が勢いを増した。

信じ難い速さで撤退にかかった海魔を銃弾と砲弾が追いかける。

外谷は待避壕を出た。

凄まじい悪臭が鼻を衝いた。

あちこちに肉片や穴だらけの身体が散らばっている。

何故か、しまったと思った。

海魔たちの死骸は、すでに白煙を上げて溶けはじめていた。悪臭の正体はこれだった。

頭上をふり仰いだ。

貝殻だらけのP40怪も消えている。何もかも急に去ってしまったのだ。夢を見ているような気分だった。

爆音が聞こえた。丁度、笹司令がそれに気づいたときであった。

また敵襲か、と外谷は肥満体をすくめた。

違う。

西の夕陽の残照が空を紅く染めている。

その奥に機影が見えた。

沈黙が基地を包んだ。

邀撃《ようげき》機が戻って来たとは誰も考えなかった。

あれは別のものだ。

——還って来た
外谷はそう思った。理由はわからない。だが、ひとつだけはっきりしていた。海からの魔性を追い払ったのは、この一機なのだ。敵はこの機を怖れたのだ。

すぐに機影は降下に移った。もう誰にも識別は可能だった。

零戦だ。

だが、何処か違う。何処かおかしい。銀翼の機体、胴体の日の丸、見慣れた二一型と少しも変わらないのに、何処か異なるのだ。

誰ひとり動かなかった。はたして、導いていいものかどうか。

それは苦もなく着陸し、滑走路の端まで来て止まった。

ようやく整備兵が走り出した。

彼らが駆けつける前に、風防が開いた。

飛行服姿が立ち上がった。長身痩軀《そうく》——精悍そのものの顔立ちと妖気さえ漂う雰囲気が、誰にも声をかけるのをためらわせた。

そこへサイドカーが着いた。

笹司令が下りた。

搭乗員が、その前に立った。

笹の顔が驚愕に歪んだ。

「お、おまえは——まさか!?」

「お久しぶりです、笹中佐——失礼、現在《いま》は司令殿でしたね」

鉄のような声で男は敬礼した。

「瑠璃宮中佐——ただいま帰投いたしました」

こう言ったとき、背後の空に邀撃《ようげき》機たちの機影が、三年の時を経て帰還した勇士に追いすがる部下たちのように浮かび上がったのであった。

# 第四章　還って来た男

## 1

基地全体が悪夢から醒め切れずにいるようであった。

夕暮れの奇怪なる海魔と貝殻だらけの戦闘機部隊の襲来。その一部は基地を銃撃した。

たった一機の零戦が、一発も射たずに全てを退けた。

だが、それは三年前、空の彼方に消えた搭乗員の操る一機であった。

戦場で三年の未帰還といえば、永遠に等しい。たとえば、何処かに不時着し、原住民に匿《かくま》われていたとしても、零戦を維持しておくのは不可能だ。南方の熱と塩とをたっぷりと含んだ空気は、ひと月もせずに鉄の飛行機を錆《さび》の塊《かたまり》に変えてしまう。

いま、格納庫に納められた帰還機は錆どころか傷ひとつ見当たらなかった。整備兵としては大いに興味を引かれるところだが、瑠璃宮中佐は指一本触れるなと厳命した。

戦いの後始末と、未帰還機の葬いでてんてこ舞いの基地が、ようやく寝静まった頃、陣外は何と瑠璃宮に呼ばれた。

疲労困憊《こんぱい》の身体に筋金が入った。

陣外の倍もありそうな部屋で、伝説の名パイロットは、静かに待っていた。

陣外が
「お久しぶりであります」

と言う前に、

「クトゥルーの編隊と渡り合ったらしいな」

「そのとおりであります」

胸の中が急に熱を帯びた。

「どうだった？」

「惨敗でありました」

声が口惜《くや》しさで震えた。激情が声にならぬよう、歯をかみしめた。

「だが、敵機はすべて撃墜と聞いた。ま、でなければ、この基地は今頃壊滅状態だったろう。良くやった」

「ありがとうございます。しかし――」

三機は修理中で、出動した二十二機のうち十一機――ジャスト半分が射ち墜とされた。しかも相手はこれまで遊び相手くらいにしか思っていなかったカーチスP40である。

「奴らの乗機はどうだった？」

「フジツボだらけのP40のことならば、桁外《けたはず》れと言うしかありません。性能とパイロットの腕のどちらかが自分たちを遥かに凌駕《りょうが》しております。幾ら攻撃しても効かないのであります」

二〇ミリ機関砲弾、七・七ミリ機銃弾は確実に敵の機体に吸いこまれた。しかし、敵は落ちないのだ。

「フジツボが機体を守っているかのようでありました。しかもP40のものとは思えぬ急旋回、上昇、降下能力を示すのです。あのようなことが世にあり得るのでしょうか。カーチスP40が、次の瞬間、零戦の後ろを取るなどということが？」

「ある。この世のものでないならな」

「……」

「今日おまえたちはクトゥルーと相まみえた。よく半分も生きて帰れたものだ」

「……」

「搭乗員の技倆でも遠く及ばない。しかも、射たれても火を噴かぬ飛行機を相手にしていては、いつか敗ける」

「仰るとおりであります」

今回もその適例《てきれい》だと思った。あのとき、敵が急に引き返さなかったなら、自分も僚機も海の藻屑《もくず》だったろう。敵の急反転の原因は、間違いなく眼前の人物の登場だ。敵はこの人を怖れたのだ。

三年と少し前、陣外は心底この名パイロットに憧れた。そのしゃべり方から動作、小さな癖まで真似しようと努めた。

若輩者の愚かな行為に彼は何も言わなかったが、操縦の技倆だけは認めてくれた。〈荒鷲落とし〉を教えてやると言われた日のことは胸と頭に灼きついている。無垢な子供のように陣外は喜んだ。

あの頃から口数の少ない、どちらかと言えば冷たい感じの男ではあったが、今の瑠璃宮はまるで別人だ。

吹きつけて来る妖気に、陣外は身震いした。

「これは司令にも話したが、おれはおまえたちを勝たせるために戻って来た。明日から訓練を開始する。おまえたちも、乗機もな」

「機体もでありますか？」

これには驚いた。しかし、正気かと疑う前に、さすが伝説と感心してしまったのだから、敗北の余韻、なお醒めやらぬというところだ。

生まれつきに違いない瑠璃宮の厳しい表情が、さらに厳しさを増した。

「ただし、機体にはおれ以外の者が手を加える。ここの整備では間に合わん」

陣外は混乱した。この人は、零戦改造に別の整備班を用意してあるとでもいうのだろうか。

そう訊いた。

瑠璃宮はうなずいた。

「――いつ、ここへ？」

「もう来ている」

「は？」

「整備は彼に任せる。二日もあれば互角に渡り合えるだろう」

「中佐殿」

次の質問に合わせて声が変わった。

「何だ？」

「我々は何のためにここに集められたのですか？」

「クトゥルーを殲滅するためだ。他にあるのか？」

「――中佐殿も、ですか？」

瑠璃宮の眼が光った。

「そうだ」

「――今まで何処にいらしたのでしょうか？」

「――だ」

「は？」

「――だ」

「……」

「立腹してもいいが、おれは正直に答えた。すると声が出なくなる。字も同じだ。書けなくなる。地図を指そうとすると、手が動かない」

「……」

「おれに関して言えば、ここにいることが肝心だ。用が済んだら消える」

陣外の胸を孤愁《こしゅう》の風が吹いた。戦って死んで行く。それはおれたちのことだ。

「用とは——クトゥルーの殲滅でありますか？」

「そうだ。この基地を襲った以上、奴らは本気で人類根絶やし計画を実行するつもりだ」

「それは——ですが、その、クトゥルーが我々が教えこまれた程の存在ならば、今日のような手間をかけなくとも、人類など一瞬のうちに滅んでしまうと思います。海魔どもはともかく、フジツボだらけの米軍機や、ヨーロッパを襲う飛行船など、到底、そのような存在の使用する道具とは思えません」

「少なくとも、この基地にひとりはまともな奴がいたわけだな」

瑠璃宮は、じろりと陣外を睨んだ。眼は顔ではなく胸ポケットに注がれていた。

陣外はそこから「朝日」を引っぱり出し、くしゃくしゃの一本をすすめた。

「ありがたい」

瑠璃宮はひどく懐しそうにそれを見つめ、シャツのポケットを叩いた。陣外は素早くマッチの火をつけて近づけた。

「久しぶりだ」

と言ったのは、青い煙の輪を吐いてからである。

「と言っても——最後に喫《す》ったのはいつかも記憶にないが、な」

もう一度、吐き出してから、

「おまえの言った道具というのは、クトゥルー自身ではなく、その信徒どもがこしらえたものだ。奴らは世界中に散らばっている。中でも有名なのは、アメリカのマサチューセッツ州の港町インスマスで生まれた〈ダゴン秘密教団〉とニューギニアの島で誕生した〈ルルイエ密儀衆〉だ」

「ニューギニア？　この近くにそんな——何て島なんです？」

「それはもう海底深く沈んだ」

「ひと安心です」

リアルに安堵が克己《こっき》心を奪っていく。潰乱《かいらん》しそうになる気力を、陣外は必死で食い止めにかかった。

「安心するな」

と瑠璃宮は言った。

「世界の首脳陣は、ルルイエの浮上を何とか妨げようと試みた。だが、浮上はしたが、中の奴は出て来なかった。恐らく、早すぎたのだろう。クトゥルーは眠りの洞《うろ》から出て来なかった。そこでルルイエを破壊すれば、邪《よこしま》な神は永遠に海底で眠りについたかも知れん。そうすべきだった。だが、敵はひと足早かった。地上に広がる信者どもが飛行機と船で駆けつけ、出入り口を封じ、邪神殿の内部で邪悪なる兵器を造り出してしまったのだ。クトゥルーの眼醒めまで、邪宗門徒どもを食い止めるための武器をな。いまヨーロッパがどんな状況かは聞いているだろう。イギリスのスピット・ファイアもドイツのメッサーシュミットも、アメリカから貸与《たいよ》されたP47サンダーボルト、F6Fヘルキャットでさえも、のうのうと空を飛ぶクトゥルーの飛行船一隻落とせず、ただ上がっては撃退されるだけの毎日だ。飛行機乗りの誇りは何処にある？」

「その飛行船ですが――クトゥルーの信徒とやらがこしらえたものなのですか？　なら、ルルイエが浮上してくる前から使用しても良さそうなものかと思いますが」

「物を作るには技術と道具がいる。設計図と大工道具で零戦は出来んよ」

「すると、全てはそのルルイエの内部で作られたのでありますか？」

「そうだ」

「失礼ですが、そんな対人間用の兵器と、製作用の機械を、神ともあろうものが用意しておいたのでしょうか？」

「いい質問だ」

瑠璃宮はうなずいた。

「恐らく、ルルイエの内部にあった〈神の技術〉のごく一部、それもごくごく初歩的なものを使用したに過ぎん」

「〈神の技術〉……」

その言葉の持つ意味も理解できず、しかし、陣外は戦慄に身が震えた。

「ギリシャ神話のヘパイストスしか知りませんが――ああいうものでしょうか？」

ヘパイストスは、ギリシャ十二神の一柱であり、炎と鍛冶を司るものとされる。その部下は単眼巨人キュクロプス（サイクロプス）であり、彼らの協力の下、ヘパイストスの工房からは、神の戦いのための様々な武器や兵器——宝物までもが製造されたという。

「そう考えるのが、目下のところは最も妥当だな」

瑠璃宮は煙草を灰皿に押しつけ、陣外はもう一本差し出し火をつけた。

また、一服の後で、

「だが、神の作った弓を人間が引けるか、剣《つるぎ》をふり廻せるか、否、それ以前に、それらを弓と剣と理解できるかどうかだ」

「…………」

「ちっぽけな刃のかけらくらいなら、人間が加工して、一ふりの剣を製造し得るかも知れん。それでも神の刃には違いない。そうだな、〈大和〉の胴体も豆腐のように切り裂いてしまうだろう」

「……」

「これが弓ならば、天の岩戸の大岩をも射《う》ち砕き、地球を一周して紐育《ニュー・ヨーク》の摩天楼《まてんろう》とやらも、瑞西《スイス》のアルプスも、伝説のロードス島の巨人像をも貫通して、富士山の中腹で止まる。そして、短銃であったなら？」

陣外は言葉を失った。一種奇怪な帰還兵の言葉が、決して根拠のない妄想だとは思えなかったのである。

「それは、横一列に並べた世界の戦艦の装甲をたやすく射ち抜き、射ち上げれば月まで届く。ひょっとしたら、月表面の隕石孔というのは、クトゥルーの屑鉄《くずてつ》からこしらえた短銃の弾丸《たま》の痕かも知れんぞ。さて、陣外大尉、大砲だといかなる事態が生じると思うかね？」

陣外は右手で顔を撫でた。手の平に感じる湿り気で、汗まみれだと気がついた。

「判りかねます」

「それは一発で二つのアメリカ大陸を消滅させ、ヨーロッパを吹きとばし、アジアとアフリカを四散させ、ソ連さえ地図から消し去っちまうに違いない。神の兵器とはそういうものだ」

「ですが、クトゥルーは現在の境遇に陥るまで、数多くの神――〈旧支配者〉たちと抗争を繰り返して来たと聞きました。なぜ地球は滅びなかったのでありますか？」

「クトゥルーの敵も〈神〉だからだ。おれたちは剣に対するに盾をもってする。神の弓には神の盾が立ち向かったのだ。さらに、荒廃した星の上は、その時勝利した神たちの暮らし易いよう整地され、何事もなかったというわけだ。おれたちも、滑走路が穴だらけにされたら、埋めてならすだろう。殊によったら、人間なんてのは、何度も滅びては甦っているのかも知れんぞ」

「〈神の戦い〉の巻き添えを食って、ですか？」

「仕方があるまい。おれたちも、地上攻撃の時、蟻の都合など気にもせんだろう」

3

「我々は――蟻以下ですか」

と陣外は訊いた。ひどく空しい気分だった。

「以上だと思うか？」

「蟻なら噛みつきます」

「それをやろうというのだ。クトゥルー相手ならともかく、そのお余りで戦う連中相手なら何とかなるだろう。希望的観測だがな」

「しかし、欧米の戦闘機はことごとく撃墜され、いったんこの飛行船隊がやって来ると、市民も軍も早く別の土地へ行ってくれと懇願《こんがん》するしかないと」

「それはそうだ。余りもの、屑鉄と言っても、神の一部には違いない。人間にどうこうできる代物じゃああるまい」

「それでは、我々だって何も――」

「――出来るように、おれは還って来た」


「ですが、中佐殿おひとりでは」

声が怯えているのに、陣外は気がついた。それは運命に対する予感だった。

「陣外よ、おまえたちは神――〈旧支配者〉と戦うべく選ばれた人間なのだ」

「我々が、ですか？」

陣外は小さくうなずいた。

「だからこそ、クトゥルー以外の戦争が熾烈《しれつ》を極める現代において、一兵一機といえど遊ばせておく余裕などないはずの日本が、おまえたちだけに南の島で平穏な日々を送らせて来たのだ――この日あるを期してな。大本営はおれの帰還も承知しているはずだ。明日からお前たちは、対クトゥルー航空戦闘部隊として空を駆《か》る」

「それは――却って嬉しいです」

空を飛べる。この島の穏やかな日々とともに朽ちて行くのも悪くはないと思っていたが、空が追って来た。空に生きる者は空に死ぬ。陣外は微笑を浮かべていた。

瑠璃宮は黙って彼を見ていたが、

「おまえは飛びたいだけだな」

と言った。

「とんでもありません。戦いは怖れぬつもりです」

「それはつけ足しだ。大空と飛行機が好き——パイロットというのは、みなそうさ。だが、クトゥルー相手にそれだけでは通用せん。明日から、おまえたちは変わらねばならん」

不気味な言葉であったが、陣外には気にならなかった。おれたちがしているのは人間以外の戦争だ。

「戻れ」

と瑠璃宮が言い渡した。

「明日からクトゥルー用の訓練が始まる。今日はゆっくり休め」

陣外が出て行くと、瑠璃宮は、初めて椅子の背に全身を預けた。

「対クトゥルーのための訓練か——それをこなしたとして、次は実戦だ。はたして何人が海の藻屑となる？」

明るい部屋の中に、海鳴りが遠く聞こえた。それに合わせて、陸上の部屋は暗く沈んでいくように見えた。

翌朝、零戦は全機発進した。

飛行場に集合した搭乗員たちの顔には、伝説のパイロットへの期待と、帰還の不気味さに対する反発と、これから眼にする指導ぶりに対する好奇とが浮かんでは消えた。

笹司令、勝俣副司令を筆頭に上層部全員が整列する中、空の彼方から帰って来た男は、静かに搭乗員たちの前に立った。

「薄々感じてはいるだろうが、おまえたちは、この日のためにこの島に集められた人間だ。その資格はおまえたちも気がつかない。異形の空戦に対する隠れた才能だ。おれはそれを開花させる。昨日までの日々《ひび》は、今日以降の日々《にちにち》のために、国が奮発してくれた捨て扶持《ぶち》だと思え。おまえたちの相手は、米英豪の連合軍にあらず、海底の奥津城ルルイエに眠る〈旧支配者〉クトゥルーである。太古に地球を闊歩《かっぽ》し、信じられぬ規模の石づくりの大都市を築き、他の神々と争い、その結果、現在《いま》は海底で新たなる地球の征覇を夢見ながら、覚醒のときを待っている。目下、欧米を空襲中の奇怪な飛行体は、その信徒たちの乗り物だ。欧米の火事は高見の見物と洒落のめしていられた。だが、ついに昨日、奴らの尖兵は太平洋のこの島までやって来た。海からの魔物は〈深きものたち〉の一派であり、フジツボだらけのグラマンは、クトゥルーの技術を借りて、信者どもが製造したものだ。そして、残念なことに、我々の零戦では奴らを撃破することが出来ん。奴らの機体性能におまえたちはついて行けんのだ。〈神〉の兵器を操れるのは〈神〉の戦士のみだ。そして、邪悪なる神の兵士たちを斃せるのもまた。

おまえたちはそんな戦士にならねばならん。それがどんなものかはじきにわかる。断っておくが、訓練は苛酷だ。世界のいかなる猛者《もさ》たちも泣いて許しを乞うほどにな。おまえたちは、途中で海面へ突っ込みたくなるだろう。だが、それは許されん。おまえたちは、誰ひとり訓練では欠けることなく、対クトゥルー戦の搭乗員となるのだ。死はその後に待つ。もはや、空も海も昨日までとは違う。〈旧支配者〉の戦闘機が飛び交い、戦艦が波を蹴立て、潜水艦が這い進む魔空にして魔海だ。おまえたちは、そこで人類のために、否、人間のために戦う。いわば〈魔空〉に挑む零式艦上戦闘機隊――〈魔空零戦隊〉としてな」

白い陽光の下、南海の風が一同の頬を打った。

それはひどく冷たく感じられた。

だが、たちまちのうちに搭乗員たちの緊張はほぐれ、内なる闘志の奔騰《ほんとう》がその顔に生気を漲《みなぎ》らせた。

「〈魔空零戦隊〉――いい名であります」

こう叫んだのは未来三飛曹だった。

「しかも、相手は神さまとか――不足はありません」

おお、と南海の空気よりも熱いどよめきが飛行場をゆすった。

「それでは訓練場へと向かう。全員搭乗。準備の出来た者からついて来い」

身を翻して、滑走路の左右に並ぶ零戦の方へと歩き出した瑠璃宮の後に、〈邪神〉に挑む男たちが続く。

昨日十一機を失い、修理中だった四機を含めて全十五機——蒼穹に躍ったのは、それから十分後のことであった。

エリラ島の北二〇キロ。高度四千メートル。零戦の性能を最も発揮し得る高さで、〈訓練〉は開始された。

零戦には無線機が積まれている。性能が良くないのと、格闘戦における軽快さを突き詰めるべく、搭乗員たちの殆どは取り外してしまうのだが、今回は全機使用を強制されていた。

それは一同の耳の奥で空電混じりの瑠璃宮の声を伝えた。

「本日は、初回だからして、おまえたちが身につけるべき操縦技術を示すに留める。いいか、全員必ず、おれたちには無理だと諦めることになる。だが、やらねばならん。今日は徹底して絶望を味わえ。そこから出発する——陣外」

凄まじい空電の歯ぎしりの奥から、

「はい」

と応じる声がした。

「おまえの得意技〈荒鷲落とし〉をやれ。おれも並行して降りる。いいな？」

「了解。ですが、危険です」

「誰がだ？」

「正直に申し上げてよろしいでしょうか？」

「構わん」

「中佐殿がであります」

「おまえは何も知らん。安全と危険の意味もな」

冷ややかな声に、怒りが湧いた。

「降下します」

陣外は酸素マスクをつけると機首を下げ、急降下に移った。

意識がかすんで来る。気圧の急激な変化に、脳がついていけないのだ。加速されたスピードにエンジンの回転数が追いつかず、失速の怖れもある。降下ではない。落下だ。

瑠璃宮の機は、五〇メートル右側を降りて来る。それを確かめて、

「やっぱり、凄い」

陣外は闘志を燃やした。意識が冴えた。

高度一五〇〇。上昇への限界高度だ。

両足を計器盤に乗せた。

「おりゃあああああ」

渾身《こんしん》の力で操縦桿を引いた。


加速が減少する――前に機体が悲鳴を上げた。ジュラルミン外被《がいひ》の継ぎ目がこすれる音。主翼と方向舵が、へし折らんとする重力に逆らう響き。風防と風の打ち合う轟き――そして、震動。

通常なら、徐々に機首を上げて水平飛行に移った後、上昇を開始する。陣外はこれを十分の一の速さで行った。追尾する側《がわ》には速度を落としたとは見えまい。

追尾し過ぎれば地上に激突する。途中で諦め、戦闘に戻ろうとした敵は、墜落したはずの陣外に下方死角から襲われ、二〇ミリ機関砲の餌食《えじき》となった。

上昇に移ってすぐ、右方を見た。

頭がどうかしたまま上と思った。

瑠璃宮の機体は平然と上昇に移っていた。

平然と——等距離で、同じ速度で。

——この人は、何者だ？

「よくやった」

ヘッドフォンから、凄まじい空電と鉄の声が聞こえた。

「だが、人間技に留まる。五千まで上がれ」

待機していた僚機の間を抜けて、高度を取った。

「次はおれが降りる。全員尾いて来い。限界だと思ったら上がれ」

え⁉　思わず口を衝いた。〈荒鷲落とし〉をもう一度？　しかも、他人が⁉

風に吹き乱れる精神《こころ》を、

「行くぞ」

のひと言が凝結させた。

WEEEEEN
真っしぐらに降下していく瑠璃宮の機を追って、十五機の零戦は一斉に機首を下げた。

「帰って来たぞ！」

監視塔の叫びより前に、外谷整備班長は遠い爆音を聞いていた。

飛行部隊にこれまでとは異なる事態が生じていることは、みなに行き渡っている。瑠璃宮が帰って来たことから今まで、口さがない連中は、彼の正体と飛び来《きた》った場所について夜中じゅうしゃべくり合っていたものだ。

その彼に導かれた空の男たちが、初めての訓練飛行を終えて戻って来た。

「全機無事。しかし——みな傾いております。おかしいぞ」

監視塔の叫びに、消火班が格納庫にとび込む。

「訓練飛行じゃなかったんですか!?」

副班長の志母沢《しぼさわ》がそばで訊いた。

「ああ、そうだ。だが、おまえは予想がつかなかったのか？　相手は何処から帰って来たのかもわからない男だぞ。あの演説聞いただろう？」

「わかってます。しかし、全機よたよたになるほどの訓練とは何ですかね？」

「体験者に訊け」

だが、ふらつきながらも、さすが選ばれた男たちの集団は、一機も損傷することなく帰還に成功した。

格納庫前まで誘導した整備員は、次々に下りて来た搭乗員たちを見て息を呑んだ。

これが三時間前、緊張の面持ちながら意気揚々と飛び立って行った男たちと同じ人物か。

頬の肉は一気に削ぎ落とされ、それどころか全身がひと廻り痩せ細ったようだ。

外谷は前を行く浅黄に声をかけた。

「隊長殿」

虚ろな表情がふり返る。

――!?

外谷の――いや、居合わせた全員の表情が喜びにかがやいた。

幽鬼のごとき衰貌の中で、二つの眼が燃えていた。

敗けていない。

その声を、整備員たちは別の耳で聞いた。

浅黄が微笑した。

整備員たちの頬を光るものが伝わった。

自然に敬礼が出た。

それを返して、搭乗員たちは歩み去った。鬼火がまとわりついていてもおかしくはない幽鬼のような足取りで。

3

十数分後、笹司令の下に、外谷整備班長が血相を変えて訪れた。士官から用件を聞き、笹は部屋へ通した。

「どうした？」

訝しげな笹へ、外谷はとんでもない現象を報告した。

「零戦の機体損耗《そんもう》度が異常に激しく、当分飛行は不可能です」

正直、よく帰って来れたものだと告げる巨漢へ、こちらも驚くべきことに、笹は静かにうなずいて見せた。

「丁度いい、おまえにも話しておこう。おまえたちはこれから、彼の指揮に従って、整備に励んでもらう」

「失礼ですが——どういうことでありますか？」

驚天動地《きょうてんどうち》の言い草に、外谷は掴みかかるのをかろうじてこらえた。

「落ち着け」

と言って、笹は部屋の隅にあるソファの方を見た。

決して死角ではない。なぜそこにいるのに気がつかなかったのかと思う位置から、二人の男が立ち上がった。

　瑠璃宮中佐と――エリオット・ウェイトリイであった。

「ウェイトリイは、瑠璃宮中佐の馴染みだそうだ。彼が行方不明の間に何度か会って肝胆相照らす仲になったらしい。中佐が言うには――」

「失礼いたします」

　と瑠璃宮が頭を下げた。

「うむ」

　怒った風もなく、笹はうなずいた。

「本日の訓練によって、零戦がいかなる状態になったかは、よくわかっている。いくら修繕を重ねても、結果は同じだ。三日と持つまい。新しい飛行機が来るまで訓練を休むわけにはいかんし、来ても同じことだ。彼らが受けている訓練は正直、人間技の埒外にある。続行するためには、機体にもまた同様の整備が必要だ。おれが搭乗員たちに教えるごとく、おまえたちも彼＝ウェイトリイから埒外の技を学べ。今日――これからだ」

「……」

「中佐とウェイトリイ捕虜は、ここを出てすぐ、おまえの下へ行くつもりであった。そちらから来てくれるとは、手間が省けたな」

　笹が笑顔を作ったが、太った整備班長は、応じる気力も失って、呆然と立ち尽くしているばかりであった。

　ようよう人心地《ひとごこち》が戻ったところで、

「その捕虜は――パイロットではなかったのでありますか？」

「ああ。もともと整備員志望だったそうだ。たまたま操縦の方もこなせたので、搭乗員に廻されたが、この基地でようやく本懐を遂げられると、喜んでおるぞ」

納得し切った物言いに含まれた、拭いようのない諦観の響きが、外谷の気持ちをやや楽にした。

だが、整備班長としては、到底納得できる状況ではなかった。

「我々が精魂込めて整備してきた零戦を、この捕虜に好きなようにさせろと仰っしゃるのでありますか？　しかも、我々にこいつの言いなりになれと？」

「外谷整備班長」

「よろしいでしょうか？」

笹の言葉を、ウェイトリイが止めた。

司令がうなずくのを待って、

「整備班長、あなたの言いたいことはよくわかります。ですが、あなたはこの戦いの本質をわかっていらっしゃらない。昨日の化物たちをご覧になってもなお、ご自分の誇りと自負に酔い痴《し》れておられる」

外谷の顔は、正しくゆでたての蛸《たこ》になった。

「貴様あ」

掴みかかった巨体を、アメリカ人は軽やかなフットワークで躱した。ソファにつまずいて、何とか倒れず身を翻した踏んばりとスピードは、大したものだった。

「聞いて下さい」

巨人が両手を前に突き出した。外谷も身長六尺丁度（約一八〇センチ）、体重は四十貫を超える。

丈では及ばないが、目方では上回る。

「この戦いは、誇りや自負で勝てるものではありません。それは、邪悪なる敵を斃すべき武器に――零戦のエンジンの、翼の、機関砲の、そして諸機関の整備に向けられるべきです。恐らく、あなた方はそれに関して最高の技術を持っていらっしゃる。しかし、今回の相手はそれで――そのレベルでどうなるものではありません。彼らの力は人間の領域を超えた高みにあります。それを凌駕すべく――少なくとも肩を並べるためには、こちらも人間のままであってはなりません。抜きん出た力に勝てるのは、誇りでも自負でもなく、抜きん出た力のみです。私はそれを皆さんに伝えに参りました」

「外谷整備班長」

瑠璃宮が分厚い肩に手を置いた。

「わからん話じゃあるまい、矛を収めたらどうだ？」

「良くわかりました」

たらこのような唇が言葉を絞り出した。妙に虚ろな言葉であった。巨体は震えていた。

「ですが、それではどうしても気が済みません。でかい奴だが、所詮は毛唐。自分は村相撲で四年綱を張っております。お目こぼし下さい」

瑠璃宮は笹の方を見て、

「いかがでしょう？」

と訊いた。

「外でならよかろう」

と笹は言った。

「だが、お互いの任務に支障を来《きた》すような結果は許さん。片方がそうなったら、もう片方は銃殺刑に処する」

「どうだ？」

瑠璃宮の問いに、二人はうなずいた。

ベランダから庭へ下りて、二人は対決した。

結果は呆っ気なかった。

外谷のぶちかましを今度は躱さずに受け、そのまま数メートル後退したところで持ち上げられた巨人は、さらに数メートル宙を飛んで、笹が丹精こめて育てた花壇に落ちた。

だが、勝ち誇るはずの横綱も、鳩尾《みぞおち》を押さえてその場に膝をついた。投げられる寸前、ウェイトリイのボディブローが炸裂したのである。

「外谷を躱した足捌《さば》きを見て思ったが——拳闘の選手か？」

「イエス——マサチューセッツ州チャンピオンに……なり損ねました」

息も絶え絶えにウェイトリイが答えた。

「なり損ね？」

「相手がいなかったのです」

瑠璃宮の唇に微笑が浮かぶのを見て、笹は眼を剥いた。司令にとっては、クトゥルーよりも、過ごして来た場所もわからぬこの男の方が、よほど不気味なのであった。

「レスリングの方が向いていたかも知れんな。外谷、どうだ？」

日本の誇る巨漢は一度咳こんでから、よろよろ立ち上がった。へたりこんだままの外国人捕虜の下へ行き、片手を差し出した。それを掴んだウェイトリイの身体を、ひょいと持ち上げて立たせ、

「気が済みました。凄い一発であります」

「自分も呼吸《いき》が止まりました。初めての経験であります」

瑠璃宮はうなずき、外谷に向かって、

「今日はもう休め」

と命じ、笹の方を見た。この状況で命令を出すのは司令である。

笹も、そうしろと告げた。

部屋へ戻って外谷が出て行くと、瑠璃宮は、首すじを揉むウェイトリイに、

「明日までにやって欲しいことがある」

氷のような声で告げた。

捕虜は凄まじい笑顔になって、

「よろこんで」

と答えた。


エリラ島の朝は四時に明ける。朝食を摂った整備員たちは重い足取りで格納庫へと向かい、全員、驚愕の叫びを上げて立ちすくんだ。

前日、歪みねじくれ疲弊した零戦の群れは、いま工場から届いたばかりのように整然と美しい姿をさらしているのだった。

一体、誰が？

その思いが風の声となって整備兵たちの間を吹きすぎたとき、先頭の外谷は、誰も知らぬ場所から帰って来た男の声を背後に聞いた。

「エリオット・ウェイトリイの仕事だ。点検してみるがいい」

やがて、彼の前に戻って来た整備班長は、かろうじて敬礼を送って、

「不明をお詫びしなければなりません。しかし、あれらは我々が整備して来た零戦ではありません」

一同を驚愕の波が渡った。

「そのとおりだ」

瑠璃宮は整備員たちを見廻して、

「あれでなければ、クトゥルーの航空機には敵わんのだ。それでも、これから多くが傷つき、穴だらけで戻って来るだろう。そのとき、修理が出来んでは死者といえども怒り出すぞ」

「わかっております。必ずご期待に添ってご覧に入れましょう」

瑠璃宮は外谷の肩越しに小さくうなずいて見せた。

全員がふり返り、格納庫の前に立つエリオット・ウェイトリイを見た。その背後に搭乗員たちが勢揃いしている。

何かあると気がついたのだ。

ウェイトリイが外谷の前に来て右手を差し出した。それは固く握られた。

「ひと晩ですが、時間は余りました」

ウェイトリイは破顔《はがん》した。

「信じられんが認めるしかねえな。さすがはおれに膝をつかせた男だ」

外谷は部下たちに言った。

「これから、こちらのケト――いや、米軍捕虜殿に、最新の整備と修理法を講義していただく。全

員、心して拝聴しろ。いいな！」

はい、の合唱が起こった。

「よろしい」

エリオット・ウェイトリイが整備兵たちの方を向いて敬礼した。

「ご紹介に預ったエリオット・ウェイトリイであります。では、これから、昨夜修理した零戦をモデルに、対クトゥルー戦における整備と修理を基礎からお話ししていきます。まず――」

悪戯っぽい笑顔になって、

「格納庫の扉を閉めなさい」

笹は勝俣副司令に苦笑いを見せた。

「自分はまだ米人に心を許せません。おかしな兆候が見えたら、すぐにでも射殺できるように、兵をつけるべきです」

「二人つけてある。整備兵に化けさせてな。外谷には言ってあるし、兵たちにもわかる。みな黙っているさ」

「しかし、米軍人が本隊を脱出し、この小さな島へクトゥルー退治の技術を伝えにやって来た。自分にはまだ納得できません」

「それを言うなら、あの瑠璃宮とて同じ穴のムジナだ。三年も前に行方不明になった男が、その間何処で何をしていたか、知っているくせにしゃべることも出来ず、わざわざうちの島へやって来た。大本営はそれを黙って受け入れろと言う。おれにはあいつの方がよっぽど薄気味悪い」

「ごもっともです」

「全ては明日以降にかかっておる」

笹は断言するように言ってから、

「夜が明けたら、ここはもう、おれたちの知っているエリラ島基地ではないかも知れんな」

悲痛な感慨ともいうべき声で告げた。


零戦が空の彼方の訓練から戻って来たのは、昨日と同時刻だった。機体は昨日とは別もののように正常を保っていたが、搭乗員たちはさらに疲弊し、病み衰えた幽鬼のように見えた。

# 第五章　白い浴衣《ゆかた》の娘

## 1

その晩、未来は海岸へ出た。海魔襲来の一件から海岸への外出は厳禁され、道路には急ごしらえの門とバリケードが設けられた。二名の見張りがついたが、そこは基地を支える搭乗員である。頼むよと手を合わせ、ひと箱ずつの「朝日」に物を言わせれば、渋々という音をたてながら門は開いた。

「すぐ戻る」

と土産を残すのも忘れず、未来は坂道を下った。波の音がせわしなく寄ってくる浜辺には、妖しいものたちの名残りもなかった。

見上げれば、苦労しなくても十字星が見えた。そのかがやきを頼りに、かつて何千もの冒険家と船乗りたちが、新世界を求めてこの南海へとやって来たのだった。

「おまえもそうか？」

と未来は星に向かって訊いた。

「おまえも、そうやってこの星へ辿り着いたのか？　銀河系へ、太陽系へ？　そして、地球へと？　そうなのか、クトゥルー？　それほどこの星が気に入ったのか？　他の侵入者たちと戦い、果てしなく深い太洋の底に自らを埋没させるほどに？」

潮のざわめきが返事であった。

未来はひとり浜辺を歩き、気がつくと、黒い岩と水しぶきが月光を浴びていた。

岩礁に出たらしい。この島の東の海岸線を上半分占めている武骨な岩場は、小魚や貝の豊富な棲息地であり、波が荒い割りに食いつきも良くて、釣りを楽しむ兵たちも多かった。

「ん?」

未来は眼を細めた。

かなり離れたところに、白いものが立っている。浴衣姿の女だ。黒髪が風に揺れているのまで、はっきりと見えた。

「まさか」

眼をしばたたいたが消えない。こすって見た。まだいる。

未来は右腰のホルスターに手を伸ばした。蓋《カバー》を開け、ブローニングのM1910を取り出す。内地から運んで来た私物だ。制式な軍用銃である南部式拳銃や九四式拳銃は、優先的に前線の将校に配られるが、下士官である未来の手には入らず、彼は自分の手に合った上、性能も日本式に勝る中型拳銃を愛用していた。

遊底《スライド》を引いて戻し、一応ホルスターに収めた状態で握りしめたまま、女の方に近づいていった。

波しぶきの限界から少し離れた位置である。顔立ちがはっきり見分けられるところまで来て、未来は足を止めた。

顎が自然と垂れ下がりそうになり、彼はあわてて唇を噛みしめた。

女はずっと前から彼を見つめていた。日本人離れした流れるような鼻梁《びりょう》の上の、黒い瞳で。可憐《かれん》な唇が動いたとき、未来には最初のひとことがわかっていた。

「未来三飛曹さまですね」

不思議と驚きはなかったが、訊くべきことはあった。

「そうだ。何故知っている？」

「何となく。私――あやと申します」

「あや？」

「秋の夜と」

「珍しい」

だが、哀しそうな良い名前だと思った。年齢《とし》の頃は十七、八か。日本人が乗っていたという黒い帆船と、そこから海中へ身を躍らせた娘の話を、彼はまだ聞いていない。

「内地から来たのか？」

ブローニングを戻して訊いた。

「海の向こうから」

なら、やはり内地だろう。ほっそりとした身体を包んでいるのは、白地にうす桃色の花を散らした浴衣だった。花と同じ色の帯を腰の後ろできれいに結んでいる。

「こんな時間にこんなところで何してる？　家族が心配するぞ」

「おりません」

女の表情に悪戯っぽい翳が流れたのが救いだった。

「あなたのご家族は？」

「九州に祖母と両親がいる。幸いおれはみなと仲が良くなかった。多分、自分勝手すぎたんだろう。

予科練へ入ったとき、みな大反対して、父は縁を切ると言った。おれが死んでも悲しむ者はいない」

「それは死んでみないとわかりません」

「それもそうだな」

未来は笑った。

「何はともあれ、こんなところにいると、間諜《スパイ》と疑われる。早く帰りなさい」

「ここへ来たのは一昨日です」

海魔や奇怪な戦闘機と同じではないか。しかも、海から来たと言う。

「この基地やみんなが大変な目に遭《あ》うのはこれから。瑠璃宮中佐さまは、そのために帰っていらした」

右手がブローニングの銃把《グリップ》を握った。

「おまえは——何者だ?」

女——秋夜はひっそりと笑った。

「しばらく、こちらにお邪魔します。それから、出て行きます」

「こちら? 一緒に来てもらおう」

未来は前へ出て、左手首を掴んだ。

すぐに離して、愕然と自分の手と白い手を見比べた。骨まで凍りそうだ。この娘——まさか。

「お化けじゃありません。でも——」

「でも、何だ?」

「いえ。怖いけどいい方だわ」

胸が強く鳴るのを未来は意識した。

「波が」

秋夜が海の方を向いた。

忘れていた波音が戻って来た。

未来も同じ方を見た。

砕けた波が雪片《せっぺん》のように躍ったところだった。

向き直ったとき、女は消えていた。

妙に納得して、未来はブローニングを収め、少しのあいだ周囲を見廻してから道路の方へ戻りはじめた。

明るい部屋で、改めて右手を眺めた。

冷たさはとおに去っていた。記憶だけが残っていた。あの瞬間の驚愕が、ひどく懐かしいものに感じられた。

「あや」

女の名前だった。それは、秋の夜と書く。

彼はすぐ明かりを消して、ベッドに横たわった。

月光の下、波しぶきを背に立つ長い髪の娘――

鮮烈に脳裡《のうり》に灼きついたその姿を、明日までに忘れられるかどうか、自信ははなはだ乏しかった。

翌日、ベッドから起きられぬほどの高熱が陣外を襲った。

それでも訓練に出ようとする彼を、瑠璃宮が止めた。

「休んだ分は、後できつい目に遭うのを覚悟しろ。今日は休め」

病院へ移され、一時間もすると、凄まじいスコールが基地を打ちはじめた。

「椰子《やし》の葉に穴でもあきそうだな」

診察に来た後藤医師が呆れた。彼はすぐ別のことでも呆れる羽目になった。

「マラリヤかと思ったが、それにしても熱がひどすぎる。しかも下痢は無しか。デング熱のようでもあるが、はっきりとせん。とにかく、注射を射っておこう」

「原因がわからないのに、いいんですか？」

陣外も呆れた。後藤が名医らしいのは、治療を受けた同僚から聞いているが、これでは無茶が過ぎる。

「構わんよ。この辺の島にはおかしな風土病もないし、大概はマラリヤみたいなものだ」

「みたいな、、、ものでありますか？」

不気味に思って訊くと、

「そうそう。だから、マラリヤ用ので効く」

「しかし」

「――いいから、任しておけ。空戦はお前なら、医療はおれ様だ」


「はあ」

「それより、こんな凄いスコールは久しぶりだ。あの世への土産話に、よく見ておけ」

「先生」

付き添いの看護婦――矢吹明奈《あきな》が小さくたしなめた。

「おっ、こりゃ失礼したな。悪気はないんだ、気にせんでくれ」

「勿論です」

陣外は微笑を返した。

「しかし、海と空から化物どもがやって来て、急に忙しくなった。少しの間だが、矢吹を付けておくから、故郷の話でもせい」

看護婦が、あの、と言ったが、いいから、付いててやれと命じて、後藤は戸口へ向かった。ドア

の前で足を止め、

「そういえば、矢吹は昔、あの世を見たことがあるそうだ。行く前の下準備に聞いておけ。お、こりゃまたやっちまったか。いや、失礼失礼」

頭を掻き掻き出て行ってしまった。

「申し訳ありません。あの先生、実力は凄いんですけど少々変わり者で」

頭を下げる矢吹看護婦へ、陣外は片手をふって止めようとしたが、上手く動かなかった。

「まともだが腕はヤブ、よりずっと助かります。だから、こんな島へ来てくれたのでしょう。あなたも退屈ではありませんか？」

二十代前半と思《おぼ》しい看護婦は微笑を浮かべた。

「私も大尉殿と同じ意見です。次々に負傷兵が運ばれて来る戦場より、暇な方がずっとマシ」

「そうですな」

陣外は笑い返そうとしたが、ふっと気が遠くなった。何とか戻った。薬はまだ効いていない。

「――大丈夫ですか？」

白い顔が覗きこんでいた。大きくてきれいな眼だ。心底不安気なのに、どこか屹然《きつぜん》たる表情が、陣外の気を明るくさせた。

「ええ」

「大丈夫です。必ず治りますわ。怪我ではありませんもの」

「はい」

看護婦の言葉の余韻が、陣外の意識を白い顔に向けさせた。女は眼を伏せ、

「ここへ来る前、私は台湾におりました。大事な人と一緒でした。その方は、ある晩支那の爆撃に

遭って負傷し、翌日亡くなりました」

「……」

「それから二年間、私は志願して前線を廻りました。一人でも多くの患者を救いたかったのですが、私のしたことは、死神の手伝いに過ぎませんでした」

淡々たる口調の背後に、ひどく危険なものが膨縮を繰り返していた。

「顔を半分失った兵隊さん、両腕のない方、お腹の中身がはみ出した人、身体中の皮膚が溶けた女性――こんな人が毎日やって来るのです。二年の間、私は誰ひとり助けられませんでした。助けようとする気持ちが大事だと、仲間は言ってくれました。でも、誰ひとり助けられない看護婦に意味があるのでしょうか？　私は死者になる人たちをいじっただけなのです。死のうと思いました。けれど、手首を切っただけで救われ、後方へ送られました。後藤先生に会ったのは、内地へ戻る前の上海でした」

同じく内地へ帰る看護婦仲間と酒場で老酒を飲《や》っていると、隣りの店が爆発した。日本兵がよく行く酒場であった。本能的に駆けつけた。医師らしい男が手際よく負傷者の処置をはじめ、彼女を見て手伝えと命じた。やむを得なかった。気乗りはしなかったのに、身体は動いた。

ようやく落ち着いてから、医者らしい男に看護婦かと訊かれ、明日内地へ戻りますと告げた。

その腕で勿体ない。おれも明日、ある島へ行く。これから凄まじい地獄と化す場所だが、特殊な事情で看護婦の数が少ない。少しでも腕の立つ者が欲しい。来てくれ、と強く誘われた。

「もう怪我人を見るのは嫌だと断ったのですが、しばらくはマラリヤの患者だけの天国だ。限界が来たらいつでも戻っていいと言われ――つい」

「つい、ですか」

熱の中で、皮肉な気分が胸中に広がった。

つい――そうやって世界は戦争に巻きこまれ、絶望した看護婦はふたたび負傷者の下へと赴くのだった。

「つい――のおかげで助かります」

矢吹看護婦は苦笑した。

「陣外さんはこちらへ来る前、支那の航空隊で三年過ごされたと伺いましたが」

「そのとおりです。何とか生き延びて来ましたが、今回はわかりません」

「人間以外のものと戦われるのでしょうか?」

「そうですな」

「でも――良かったわ」

「――何故です?」

少し驚いた。

## 2

「――少なくとも、人間同士が戦わなくても済むのではないでしょうか?」

「はい」

「それだけでも私は救われます。患者さんから聞きましたが、米兵との戦いは、一層激しさを増しているとか」

「恐らくそうでしょう」

「怪物と戦うだけでも大変なのに、なぜ人間同士の戦いをやめないのでしょうか？」

「わかりません」

「命令が出たら、人間とも戦われるのですね？」

「こう見えても軍人でして」

意外に静かな口調に陣外は驚いた。女とはいえ食ってかかってもいいところだ。

「上から命じられれば、相手を問わず戦わねばなりません。一応、国のため、家族のためと言い訳をしています」

「上の方たちがその立場にふさわしくない方だったら？」

「もう困らせんで下さい。ただ、自分は無駄な死に方はしたくないし、部下にもさせません。それだけは申し上げておきます」

矢吹看護婦はうなずいた。理解したわけではない。ここで打ち切るにはこれしかなかったのだ。

沈黙を避けるように、窓の方を向いた。

「あら？」

「どうしました⁉」

「いま、窓の外に――白い着物を着た女の人が」

「え？」

熱も忘れて、陣外は身体を廻した。

雨は誰も打っていなかった。

「確かにいたんです。長い髪の――とてもきれいな人でした。でも――そんな人がいるはずはないわ」

しばらく黙っていると、隣りの大部屋からざわめきが伝わって来た。

「失礼します」

矢吹看護婦は足早に出て行った。

少しして戻って来た。

「同じ人を見たらしいです。あちらでは病室に入って来たと言っています」

厄介《やっかい》の種がもうひとつ増えたらしいと、陣外は考えた。

矢吹看護婦は、あわただしく出て行った。

「幻の女か——考えようによっては、クトゥルーより厄介だぞ」

右方に人の気配を感じた。

清楚な美貌より、長い髪が眼についた。濡れた風はない。

「——誰だ？」

「秋夜《あや》と申します。クトゥルーは、夢の中で危機を知りました」

金鈴《きんれい》の鳴るような声が、陣外の感覚を失わせた。

「そして、信徒たちに伝え、新たな兵器を開発させつつあります。私はあなたのお手伝いに参りました」

「——自分の手伝い？　おまえは何者だ？」

ある考えが弾けた。それは限りなく正解に近いと思われた。

「クトゥルーの一派か？」

「わかりません、私にも。ただ、そうしなくてはいけないと思うだけ」

「どういう意味だ？」

「そうしろと命じた方がいます。いえ、いるような気がします」

「それは誰だ？」

そのとき――ドアが開いた。

両膝を突いたところで、ウェイトリイだとわかった。前のめりに倒れた陣外を米軍捕虜が抱き起こした。

「大丈夫ですか？」

「――見たか？」

「はい」

意外な返事だった。

何とかふり向いた陣外の眼には、ベッドと窓しか映らなかった。

「誰だった？」

「日本の着物を着た女性です。すぐに消えました。ベッドへ戻りましょう」

「いや、いい」

陣外は頭をふった。

「わかりません」

ひょっとしたら、あの瑠璃宮中佐もウェイトリイも、明らかならぬ何者かの手によって送られたのかも知れないと思った。

どうやら、クトゥルー一派とそれに反旗を翻す存在とが、この島と部隊とを巡って奇妙な人材派遣を繰り広げているらしい。

「で、おれをどうするつもりだ？」

「何も」

女――秋夜の手が伸びて来た。陣外はベッドの上で身を翻すや反対側の床へと下りた。

秋夜が同じ位置にいるのを確かめ、ドアへと走った。

肩に手が置かれた。

足が鈍った。ひどく懐かしいものが胸に満ちた。

「ここ数日の間に、おかしな奴らばかり島に来る」

「同感です」

しみじみとうなずいた。嫌味のつもりだったが、張り倒すくらいしないと、このアメリカ人にはこちらの気持ちがわからないのかも知れない。

「ところで、何しに来た？」

と訊いてみた。

「何となくです。目的があったわけではありません」

誰かに行けと言われたか。

「あの女――何だと思う？」

「わかりません」

「心当たりはないか？」

「全くありません」

そのくせ、理由もなく基地から大分離れた病院までやって来たのか。

「もう一度訊く。返答によっては、営倉へ逆戻りだけでは済まんぞ。どうしてここへ来た？」

「それは――」

ウェイトリイは躊躇した。二、三秒で、

「――やはり、何となく、です。今の女がどうとかではありません」

「基地からここまで、五〇〇メートルはあるんだ。何となく来たくなる距離じゃない」

「それでは――営倉へ戻りましょう」

それ以上の追及を陣外は諦めた。こいつもあの女も、この世界の法則から、一歩ずれたところに属する存在なのだ。こちらの論理で行動の所以《ゆえん》を追及しても始まらない。

「もういい。だが、今日のことは司令に報告しておくぞ」

「お好きなように。私は捕虜です。運命には逆らいません」

そこへ別の看護婦がやって来て、ウェイトリイを見て眼を丸くした。

「こんなところで何を？」

「はい、貴女に会いに来ました」

「ま」

呆然と頬を染めてウェイトリイを見つめる看護婦を横目に、陣外も憮然《ぶぜん》として、このふざけた捕虜を眺めた。

雨音が激しさを増した。

「訓練、大変ですね」

とウェイトリイが言った。

「本番もな」

と陣外は返した。


南緯四七度九分、西経一二六度四三分――巨大なる石造の大墳墓〈ルルイエ〉から飛び立った飛行体群十機は、イギリス＝ロンドン上空に差しかかった。

最新のレーダーと監視用魚船群からの連絡でそれを知った英空軍は、名機メッサーシュミットとホーカー・ハリケーン二百機をもって迎撃に当たった。

今回の期待は、アメリカから配備された新鋭機ノースアメリカンP51ムスタングであった。日本の誇る長航続機・零戦を凌《しの》ぐ航続距離を誇り、英国本土からドイツへのB17による爆撃の護衛を可能にしたレシプロ機の最高傑作は、勇躍ロンドン防衛に飛び立った。

クトゥルー飛行体の恐ろしさは、その本体の完璧な防禦と武装にあった。

そのどちらも、或いはどちらかを無効とすべく、欧米の科学技術陣は寝食を忘れて取り組み、その成果は今回初めて披露されるはずであった。

英仏海峡沖一〇キロ、高度三四〇〇メートルの上空で、防空戦闘機隊は、異貌の神の軍勢を迎え討った。

「A部隊から順次攻撃開始せよ」

隊長の命令一下、距離五〇〇メートルから、A隊五十機が放ったものは、ロケット弾であった。

防禦に圧倒的な自信を有する飛行体から今回も護衛機は飛ばず、ロケット弾は全弾飛行体に命中した。

英飛行隊に包囲された際も、クトゥルー側には進路変更の動きも、速度の増減も見られなかった。防禦の完璧さに傲《おご》っていたのである。

だが、灼熱したロケット弾の内容は従来のものとは異なっていた。

炎はクトゥルーの皮膚を貼り巡らせた外殻を焼き崩し、内装を爆砕してのけた。

みるみるうちに巨体は炎に包まれ、小さな爆発を引き起こしつつ傾き、落下していった。

ロンドンの防空司令部でこの戦果を知った参謀総長は、歓声の上がる中、かたわらのアメリカ人科学者に握手を求めた。

「ご提供いただいた『ダンウィッチ粉』は大いな

る成果を挙げました。イギリス国民は心から感謝いたしますぞ、アーミティッジ教授」

一九二八年の収穫祭から秋分にかけて、米マサチューセッツ州の一寒村ダンウィッチは、見えざる妖体の暴威にさらされた。官憲を含む十名近い犠牲者を出した後、敢然《かんぜん》とこれに挑んだのは、謎の多いアーカム市のミスカトニック大教授＝ヘンリー・アーミティッジ他二名の同僚であった。彼らは古代魔法と妖術の聖典「死霊秘法《ネクロノミコン》」をはじめとする魔道書の他に、妖体の双子の弟が遺《のこ》した日記と記録を解読、それをもとに、古代から蜿蜒《えんえん》と使用を続ける破邪の粉末を調合し、不可視の妖体を破壊してのけたのであった。

今回のロケット弾は、高純度火薬や高熱燃焼剤《テルミット》とともに、その粉末も積載していたのだ。


十機のうち九機が成す術もなく落下していく中、最後の一機が、燃え盛る巨体の腹部を開いた。扉などはない。ただ裂けたのである。

そこから散ったのは、五十近い戦闘機であった。フジツボで覆われた機体は、全てこの世に存在する姿を備えていた。

「メッサーシュミットＭｅ１０９、Ｂｆ１０９、フォックウルフＦｗ１０９Ａ、マッキＣ・２０２フォルゴーレ――ヒトラーとムッソリーニの玩具か」

と吐き捨てた参謀は、次に手にした文面を見て、まさか、と眼を見張った。

「グラマンＦ６Ｆヘルキャット、ベルＰ39エアコブラ、カーチスＰ40ウォーホーク、ロッキードＰ３８０ライトニング――全てアメリカ機ではないか。なに――」

　彼は息を呑み、全スタッフの視線を集めた。次の声は低く、震えていた。

「――スーパーマリン・スピットファイアＭｋ・１――我がイギリスの名機ではないか!?　一体これは――!?」

　呆然たる空気に包まれた防空司令部内に、やや訛《なまり》のあるアメリカ英語が解答を紡ぎ出した。

「恐らく、海中へ落ちた機を、クトゥルーが――否、ルルイエを基地とする信徒たちが引き上げ、修理し改造を施し、飛行させたものでしょう。性能はわかりませんが、油断は禁物です」

## 3

　すでに空戦は開始されていた。

　今回、防空部隊の戦法は、ロケット弾によるアウトレンジ攻撃であった。敵の傲慢さと油断を見越し、遠距離から特製の飛び道具を叩きこんだのだ。距離を取ったのは、敵の恐るべき箝片を躱すためである。それが地上へ持たらす被害を考えた場合、その前に撃墜しなくてはならない。

　最後の一隻が内部のものを吐き出したとき、防空隊の全員は息を呑んだ。そして、現れた新たな敵を見て驚愕した。ドイツ機を含めて、全てクトゥルー戦における同盟軍機ではないか。

　しかも、いかなる手による改造を施されたものか、その速度、旋回性、攻撃防禦において——すなわち全性能において、防空隊を凌いでいた。

機銃も機関砲も火を吹かなかった。それらは石を吹いた。直進を保証する施条《ライフリング》も切られていない銃身から放たれた石塊は、毎分千二百発、秒速六五〇メートル——実にマッハ二の超音速をもってスピットを、ハリケーンを、ムスタングを貫いた。

数十機の犠牲を出した後、これに気づいた防空隊は、格闘戦を挑んだが、敵の旋回性能は味方機を凌駕し、速度においても勝り、瞬く間に半数——百機超が火の玉と化した。

もしも、十分とたたないうちに敵機が次々と落下しなかったなら、全機大空に散っていただろう。

敵の墜落は、後の調査で、燃料切れによるものと知れる。まさかの致命傷によって、十分な補給が叶わなかったか、機自体の戦闘時間がその程度だったのかはわからない。英空軍を救ったのは僥倖《ぎょうこう》であった——それだけは確かである。

戦略会議に出席を求められたアーミティッジ教授は、席上でこう発言して戦いのプロたちを戦慄させた。

「これはダンウィッチにおける拙い経験から導き出した確信に乏しい推測ですが、あの村で跳梁《ちょうりょう》した怪物は、刻々と成長して行きました。それは進歩——さらには進化とさえ呼べるものだったのです。後に霊感を得てあの物語を小説化した優れた作家ですら透視できませんでした。あの怪物は、実は退治される前に二度、我々の前にその実体をさらしております。一度目は、我々がダンウィッチへ入って数時間後、怪物に消滅させられたエルマー・フライ家の近くでした。そこには我々より一日早く、村からの電話を貰って駆けつけた州警察の車が乗り捨てられていたのです。少し離れたところに、深い谷間へ続く道が口を開け、村の老人が、渓谷に下りてっちゃならねえと言ったのにとつぶやいていました。私たちがそちらへ向かったとき、正にその下り口の奥――暗くじめついた道の彼方から、重々しい地響きが近づいて来たのです」

本能的にそいつだと察した教授たちと村人は、悲鳴を上げて後退し、アーミティッジ教授のみが、問題の粉末を詰めた噴霧器を手に、逃げろと叫ぶ本能に逆らって、下り口から五メートルほどの位置に留まっていた。

地響きは一度も停滞せず、道を上がって来た。足音に間違いない。前進のたびに地面は震え、本来、夜しか鳴かぬ夜鷹《よたか》の叫びと羽搏《はばた》きが晴天の空を暗く染めた。

そして、下り口の大地が直径二メートルにもわたって陥没し、そいつは人々の前に見えざる姿を現わしたのである。

乗って来た自動車や警官たちが廃棄した車の向こうに避難していた同僚――ウォーレン・ライス教授とフランシス・モーガン博士の制止にもかかわらず、アーミティッジ博士はその場を動かず、ついに見えざる存在に噴霧器の中身を浴びせかけた。

「効果はすぐ現れました。そこにいるのは、全長五メートルもある円筒状の存在でした。円筒は幾つもくびれがあり、樽を重ねたような二本の足が何トンもある胴体を支えていました。色彩《いろ》は説明できません。あれはこの世のものではない、異世界の色彩だったのです。私は嘔吐しました。今でもあの色彩を思い出しかけただけでそうなります。ですが、最も恐怖したのは、くびれとくびれの間の胴――その頂《いただき》部分が、ひょいと持ち上がった瞬間でした。そいつは蛇――いえ、あれは絶対に縄《ロープ》と言うべきです――。とにかく、三抱えもありそうな太さの縄がとぐろを巻いていたのです。顔はその先端に付いておりました。私には人間《ひと》の顔としかわかりませんでしたが、背後で誰かが、ウェイトリイの爺さまだ、と叫ぶのが聞こえました。すぐに別の声が、いいや、ラヴィニアだと叫び返し、あの赤い眼と縮れた白子の髪を見ろと言いました。確かにその顔は、そんな眼と髪を備えており、老人にも若い女にも見えたのです。

ご存知のように、ウェイトリイの爺さまとは、ダンウィッチを襲った恐怖の元凶――異次元の神ヨグ＝ソトホースと白子の娘ラヴィニアと番《つが》わせて恐るべき双子を生み出した魔道の探求家であり、ラヴィニアは彼の実の娘でありました。そいつを見ただけで、私は今でも悪夢にうなされ、ライス教授の黒髪は半分が白く変わってしまったのです。正直こいつが襲いかかって来たら、と思いましたが、幸い粉末の力によるものか、そいつは身を震わせ、すうっと空気に溶けてしまいました。そいつの身体に遮られていた背後の景色が出現したときの光景は忘れられません。

二度目は、恐らく老ウェイトリイがヨグ＝ソトホースを喚《よ》び出してセンチネル丘へと三人が上る途中、ライス教授が噴霧器を使ったときです。これは後に、この物語を小説化したH・P・ラヴクラフトの作品に、望遠鏡で三人を追っていた村人カーティス・ウェイトリイの証言として生々しく描写されています。いわく――厩《うまや》よりも大きく、鳥の卵みたいな形をして歩くたびに豚の頭みたいな足が何十本も半分くらい身体にめりこむ、全身がゼリーそっくりでのたうつロープを何本もまとめたようである。大きな眼が身体中にくっついて、横腹から、口みたいな象の鼻みたいなものが二十も突き出て、揺れたり開いたり閉じたりしている。全身は灰色で、青とも紫とも取れる輪が幾つも付着している――カーティスは色盲のため、あの色彩《いろ》が現実の色彩に変換して見えたのだと思います。ここで彼は怪物の身体の上に我々が目撃したのと同じ顔を認めて望遠鏡を落としてしまい、肝心なものを見逃すことになったのです。この怪物は、谷間の下り口での目撃時より外見上の変貌を遂げており、同時に、生物学的な進化も伴っていました。カーティスは何本ものロープと言いましたが、実は数百本を数えたのです。そのうち何十本かの端は、身体中を這い廻っており、私が見ているうちに、一斉に象の鼻のようなものの中に吸いこまれていきました。それは明らかに規則的な機械的な動きでした。すぐに戻ったロープの先は、サクランボのように赤く色づいており、そいつはそれで近くの木立ちや岩肌に触れたのです。触れられたものは、ことごとく消滅しました。恐らくは、ラヴクラフトが描写した、怪物の目論見《もくろみ》が成功した場合の地球の未来の姿のように、『別の場所へ持っていかれた』のでしょう。後に調べてみましたが、残存部分の表面は、まるで水晶のようにきらきらとかがやいておりました。色彩は——申し上げたとおりです。私たちは村人の協力を得て、すべての水晶もどきを粉々に砕き、川辺に埋めました。

私はこの刻々たる進化を、〈旧支配者〉たちの特徴と位置づけております。〝偉大なる〟クトゥルーにも当て嵌まる法則に違いありません。これは牽強付会《けんきょうふかい》のそしりを免れませんが、彼の技術が生み出した兵器もまた、必要に応じて進化を遂げる——新しい威力を獲得するような気がしてならないのです。今回の敵戦闘機——日本軍のように〝怪〟をつけて呼ぶならば、メッサーシュミット怪も、スピットファイア怪も、次は燃料積載量が増えるといった単純な進歩改良ではなく、もっと根本的な性能的進化を備えて出現すると思われます」

今回の勝利の美酒に酔っていたとしても、イギリス軍の首脳陣は、アーミティッジ博士の意見を一笑に伏すほど傲ってはいなかった。クトゥルー軍の奇怪さは、

「何が起きてもおかしくない」

という認識となって骨の髄まで沁みこんでいたのである。

「かくなる上は、一刻も早く、ルルイエを海底深く沈めるか、徹底的に破壊して、クトゥルーの出現とその信者どもの息の根を止める他ないようだね」

と葉巻を咥えた肥満漢が言った。

この会議の中で、アーミティッジと並んで唯二《ただ》人の民間人の片割れであったが、誰もがこのひと言にうなずいたのである。

彼は肘かけにはさまれた身体ごと、窮屈そうにアーミティッジをふりむき、

「これに関してはルーズベルトもスターリンも同意見だろうが、さて、いつがその好機かがとんとわからん。どうお考えか？」

「その前に、ルルイエとクトゥルーに対して成果を上げ得る武器をご存知でしょうか？」

アーミティッジの問いに居並ぶ英軍の錚々《そうそう》が顔を伏せ、眉を寄せ、肥満漢だけが肩をすくめた。

彼はこう答えた。

「我が軍にはありません。恐らくはドイツ・オーストラリア・イタリア・フランス——ソ連にも。ただアメリカのみは、何やら奥の手があると見たが、すぐに実現とはいかぬようだ」

「では、攻撃の期日よりも、効果ある武器を造り出す期日の方を考えるべきでしょう」

「それだ」

肥満漢は両手を打ち合わせた。

「今回、敵の飛行体を撃墜した魔法の粉をですな、新たなクトゥルー軍を殲滅する新兵器として活用することは出来ませんか？」

「私には今日以上のことは」

はっきり、NOと告げたつもりが、相手は動じもせず、

「では、こういうのはいかがです？　クトゥルー側の重要人物をとっ捕まえて拷問にかけ、こちら

に協力させる」

「いい手ですが、誰が重要人物かお判りになりますか？」

「その辺はルーズベルトに任せたいですな。博士が足を運ばれたダンウィッチ、同じ州の港町インスマス、その他アーカム、セイレム等々、〈旧支配者〉と縁の深い土地だと聞いています。特にインスマスには、やがて〈ルルイエ〉へと赴く半魚人どもがうろつき、ダンウィッチには、ヨグ＝ソトホースを召喚《しょうかん》した魔道士たちの末裔《まつえい》が、なおも存続しているとか」

「そう言えば、老ウェイトリイ直系の曾孫《ひまご》にエリオット・ウェイトリイというのがいるはずですが」

「彼は、米海軍に取られ、太平洋艦隊に搭乗員として採用されましたが、逃亡いたしました」

アーミティッジ博士の心臓が爆発しかかった。

「――どこへ？」

「不明ですが、乗艦の位置からして、日本軍に間違いありますまい」

「それはまた、どうしてです？」

身を乗り出したアーミティッジへ、

「こちらがお訊きしたい」

と肥満漢は返した。

「ただ、ニューギニアに近いある小島に、対クトゥルー戦に特化した一航空部隊が配属されたことは判明しております。恐らくウェイトリイの目的地はここでしょう」

「老ウェイトリイ――真の魔道士の血を引く者が、見も知らぬ東洋の国の軍隊へ」

八十近い老人の眼に、凄まじい光が点った。

「ひょっとしたら」

こう言ったのは、肥満漢であった。思い切り吸いこんだ葉巻の先が激しく燃え崩れ、分厚い唇から生まれた巨大な輪《ドーナツ》と化した。

先を越されて憮然たるアーミティッジへ、もう一度、ひょっとしたらと繰り返し、

「クトゥルー戦の鍵を握るのは、我々ヨーロッパ、アメリカ勢ではなく、東洋の小さな島国の住人どもかも知れませんな」

「かも知れません。ミスター・チャーチル」

とアーミティッジは首肯《しゅこう》した。

「あのちっぽけな島国は、我がアメリカなど及ぶべくもない霊的な歴史を積み重ねております。恐らくはヨーロッパにも肩を並べる国はありますまい。ウェイトリイがかの国の領土を目指したことは、その理由は知らずとも、少しも不思議ではありません」

肥満漢・イギリス首相ウィンストン・チャーチルは、彼自身が母国の負うた歴史のように、重々しくうなずいた。

「ならば、一度の勝利を心の糧に、次の出来事を待つことにいたしましょう。あちこちで不気味な鳴動が生じつつあります。指を咥えて待つのもまた一興でしょう」

# 第六章　ミッドウェイ等《など》

## 1

陣外が倒れたスコールの日から、一週間が経っていた。

時間が巻き戻されたかのような殆ど平穏な日々が、蒼穹と波音に彩られて続いた。

唯一の問題は、時折目撃される白い娘であった。

しかし、初期のように、複数の眼前に姿を現わすことはなく、搭乗員たちがふと眼を向けた窓外におぼろな影が佇んでいる、或いは警備兵の前を白い着物がかすめ、誰何《すいか》すると、闇と波音が束の間見た夢だと告げている。そんなところで済んだ。

目撃者から洩れた体験談は概ね誇大表現になり、伝わるうちにさらに肥大曲解に姿を変えて、すぐにあり得ない伝説か笑い話で終焉を迎えるが、白い娘の物語は、病院での目撃の翌日に消滅してしまった。伝播《でんぱ》すべき連中が興味を示さなかったのである。

搭乗員も整備員も、何かに憑かれたとしか思えないと、基地へ魚や果物を売りに来た現地人は、顔見知りの地上兵に洩らした。

瑠璃宮の〈訓練〉から戻った機体は異様に歪み、よく戻れたものだと地上兵たちをして驚くよりも戦慄させたが、機体を下りた搭乗員たちの姿は、失神者が続出したほど怪異なものであった。

帰還のたびに彼らは青ざめ、こけた頬には血管が青く走り、どう見ても飛行服が合わないとわかるほど痩せ細って見えた。肩を並べ、よろめくような足取りで施設へと戻る彼らは、正しく幽鬼の一団であった。

だが、極めて正常な地上兵たちに留めを差したのは、搭乗員たちのかたわらを、一瞥も与えずに機体へと走る寄る整備兵たちである。

いつものように、歓声を上げて、てんでんばらばらに駆け寄る様はもうなかった。あたかも、マラソンのごとく足並みを揃え、腕を振り、足音のみを轟かせて出動する姿は、こちらも異形に統括された集団と見えた。そして、翌日の訓練までに、歪んだ零戦は工場から直送された新星のごとく、銀翼に陽光を這わせて整然と並んでいるのであった。

その日、訓練から戻って食堂へ入ると、全員がテーブルに突っ伏してしまった。

陣外が苦笑を浮かべて、もうひとり背すじを伸ばしている隣席の未来へ、

「おまえも元気だな」

と声をかけた。

青ざめた顔が、それでも若さの溌溂《はつらつ》さは隠せぬ声で、はいっと応じたが、すぐに顔を寄せて、

「正直、死にそうです」

とささやいた。

「おれもだ――いや」

と周囲を見廻し、

「全員あの世が近い」

未来はさらに低く、

「偉そうなことを言うようですが、技倆は恐ろしいほど上がりました。あの機体があれば怖いものはありません。F4Fだろうが、F6Fだろうが、一対百でも叩き落としてみせます。ですが、訓練を終えると、必ず胸の中を風が吹き抜ける。これでクトゥルーに勝てるのか、と」

「勝てる——と思うしかあるまい。おれたちの技倆は、人間離れしているかのように見えるが、実はなお人間の最高レベルに留まったままだ。そう思えないのは、そこまで行った者が他にいないからに過ぎん。恐らく、クトゥルーの部隊にはいまだ及ぶまい」

「なら——これは無駄だと仰っしゃるのですか？」

テーブルの向かいで顎を出していた大海三飛曹が、手だけを上げてテーブルを叩いた。

「この地獄のような訓練を——幾ら受けてもクトゥルーには勝てないと？　では、我々は何のために集められたのです？」

「クトゥルーを討つためだ」

陣外は平然と言った。

「おれたちはこのために選ばれた。誰が選んだのかは知らんが、間違いはなかった。中佐殿が明言したように、恐らく全員が他とは異なる資質を備えていたのだろう。今のような訓練を尋常な連中が受けたら、初回で死亡していただろう」

「この訓練は——いつまで続くのでありますか？」

幽鬼のような問いは、少し離れた席にかけた島村二飛曹のものであった。

「自分は――今日これからでも敵と遭遇し、撃墜後、死にたいです」

「自分もです」

「自分も」

幾つかの声が後を追った。

「やめんか」

怒号が空気を変えた。

戸口のところに浅黄隊長と――瑠璃宮中佐が立ってこちらを睨みつけている。怒号の主は浅黄であった。

「――しかし、隊長殿」

島村二飛曹が呻《うめ》くように言った。突っ伏したままである。陣外と未来を除いて全員がそうだ。

「正直、自分は怖いのであります。訓練を重ね、やり遂げるたびに、自分たちが人間以外のものに変わっていくような気が確かにします」

「それはいま、陣外が否と保証してくれたはずだ」

浅黄は断ち切るように言った。

「――しかし」

「クトゥルーの配下は、すでに我々を標的と定めている」

別の声が言った。瑠璃宮であった。

「ヨーロッパで、アメリカで、ソ連で、人間はクトゥルーに敗北を続けている。束の間の勝利はあるだろう。だが、神々と人間では勝敗は明らかだ。それを覆《くつがえ》すために、おまえたちはここで訓練を受けているのだ」

「どうして――おれたちなんです？」

別のテーブルから声が上がった。

「アメリカだって、イギリスだって、支那にも、インドにも、おれたちみたいな航空兵はいる。なのに、何故おれたちだけが、こんな人間離れした訓練を受けなくちゃならないのでありますか？」

いきなり声の主は立ち上がった。

飛行服の右袖をめくるや、手の甲に歯をたてた。

「白根――よせ！」

陣外が止めたが遅かった。

嫌な音がそれでも慎《つつま》しく鳴って、白根三飛曹は頭をひとふり――手の甲の肉を噛みちぎった。

「見ろ！」

手首を捻《ひね》って彼は一同に傷口を向けた。肉は大きく裂けている。出血はある。だが、いっかなしたたり落ちようとしないのだ。

「人間なら血が噴き出すはずです。それが、滲むくらいだ。これは人間の手じゃありません。自分は――人間《ひと》ではないのでありますか!?」

「自分もそうです――」

別の搭乗員が立ち上がった。彼は拳で左胸を叩いた。

「いや、みんなもそうだろう。今日の急降下訓練で、おれの右補助翼はちぎれてしまった。心臓が停まるかと思った。なのに、心臓は普通に脈打っている。違う。本当はそれほど怖くはなかった。血の気を失い、気が遠くなったけれど、自分は冷静だった。訓練前までの自分なら、あんな地獄のような急降下の途中で気が狂っています。なのに、平気でこなしてしまった――それは、身体の中に流れる血が無くなったからですか？　訓練のたびに人間ではないものに変わっていくからですか？　自分は嫌です。米英と戦うのもいい。クトゥルーと戦うのに臆しはしません。ですが、せめて人間として戦い、人間として死にたく思います」

「よく言った、桜井」

「そのとおりだ！」

「同感です！」

幾つかの声が上がった。

「隊長殿――これは大本営からの指示なのでありますか？」

と桜井一飛曹が訊いた。血を吐くような問いであった。

「そうだ」

返事は浅黄のものではなかった。

「司令⁉」

浅黄の声と同時に立ち上がったのは、陣外と未来のみだ。後は――立ち上がったばかりの連中まで、どっとテーブルに前のめりに伏してしまったのである。最高権力者の登場で、身体を支える神経の糸が、逆に切れてしまったのだ。

かたわらに副司令を添えて、笹はこう言った。

「おまえたちを労《ねぎら》おうと思って来てみたが――この基地の建設、人員の配置、飛行機の配備――すべては大本営の指示である。我ら帝国軍人は、それに従わねばならん」

桜井が立ち上がった。指をさした。

「そちらのこの方も――そうやって帰って来たのですか⁉」

瑠璃宮は指先から笹司令に眼を移して、

「どうなのです？」

と訊いた。

笹はやや顔を俯けて言った。胸の中で、何やら葛藤している風であった。ややあって、

「そうだ」

「そうでしたか」

瑠璃宮は無表情に言った。

「では、あの捕虜についてはいかがです？」

「同じだ。大本営からの基地運営に関する指令は、常識の範疇《はんちゅう》に照らして、異常としか思えぬ事態が生じても、すべて受け入れ、クトゥルー戦に備えろというものであった。ひょっとしたら、怪事のあるを知って、その内容までは耳に届かぬのかも知れんがな」

「司令」

勝俣副司令が鋭い声をかけた。

笹は唇を固く結んで、小さくうなずいた。

「余計なことをしゃべったかも知れん。何を記憶し何を捨てるかは、おまえたちに任せる」

敬礼が交わされ、食堂には搭乗員だけが残った。

「おれは誰によって帰されたのかはわかっている。しかし、それはしゃべれんし書くことも出来ん。明かせるときが来るとすれば、クトゥルーとの戦いが終わったときだろう」

「わかったな、みんな」

浅黄の声が食堂に響き渡った。

「おれたちの戦いも、そのための備えも、みな大本営の意志によるものだ。血が流れなくなれば、多分、別のものが流れる。怖れを知らなくなれば、これほどいいことはあるまい。いいか、おれたちの相手は人間じゃない。邪《よこしま》なる神だ。それを忘

れるな。さっさと寝ろ。明日も訓練は続くぞ」

## 2

未来は厠《かわや》に寄り、ひとり遅れて部屋へと向かった。通常、将校と士官、下士官の部屋は別であり、下士官室は複数で使用するが、この基地では個室が与えられていた。これも選ばれた者の特権かと未来は思っていた。

中へ入って明かりをつけ、ドアを閉めた。

驚きの声が出た。

ベッドのそばに、白い着物姿が立っていた。

「おまえは――」

としか出なかった。名前は秋夜――秋の夜。

「お待ちしておりました」

静かな声が未来を包んだ。未来はよろめいた。気が抜けた――疲労が全身を埋めたのだ。

おれはこんなに疲れているのか、と思った。

踏んばりが効かず、へたり込みそうになる身体を、背後から柔らかいものが支えた。

いつ背に廻ったのか。未来は何とか立ち上がった。

ベッドへ腰を下ろすと、秋夜は左隣りにかけていた。

「何をしに来た？」

「お疲れを取りに参りました」

「出ていけ――おまえは幽霊だ」

秋夜はひっそりと笑った。軍人が幽霊などと口にするとは――未来は恥ずかしくなった。

「そう思いますか？」

「他に考えようがない。どうやってこの部屋へ入った？」

「足はありますわよ」

ちら、と眼をやって、

「確かにな。この基地で何をしている？」

「もうお話ししました。横におなりなさいまし」

「断る。得体の知れぬものの言うことなど聞けるか」

その肩が後方へ引かれた。逆らうタイミングをずらされ、未来はベッドを横断する形に横たわった。頭が壁に触れた。

「何をする？」

起きようとしたが、力が入らない。触れられた両肩がひどく冷たく、そこから力が流出していくようだ。

秋夜の顔が近づいて来た。

「おい」

白い顔は彼の左胸に片耳を押しつけた。

「心臓は立派に動いてます」

「当たり前だ、どけ」

と言ってから、桜井一飛曹の心臓の話を思い出し、嫌な気分になった。

秋夜の手は額に当てられた。

「脳も異常なし――背骨は、少し右へ湾曲していますす。椎間板が出ているわ」

未来はとび上がった。

「ぐおお、やめろ」

「ごめんなさい。痛みますか？」

「決まってる」

「これでは？」

指が患部の上をなぞった。急速に痛みが退いていく。呆然と秋夜を見つめた。

まるであどけない少女のような笑みがそこにあった。

「良かったわ。大したことはないけれど、あちこち傷《いた》んでます。いま治して差しあげますわ」

「隊長と――副長はどうした？」

「後廻し」

「いかん。お二人が先だ」

「立派な兵隊さんね」

「当然のことだ。おまえは何者だ？」

「海の向こうから来ました。異人さんに連れられて」

「赤い靴ははいておらんぞ」

「冗談も言えるのですね」

秋夜の笑みは深くなった。

「ですが、私の異人さんは、外国の人ではありません。異なる世界に住む人のこと」

未来は困惑した。眼の前の娘は、なおも不可思議な存在に留まっている。

「ん？」

未来は眉をひそめた。

「どうなさいました？」

「初めて会ったときは、氷のようだったのに――今はあたたかい」

秋夜は彼を見つめた。その眼差しは悲しげであった。

「あなたが冷たくなったのです」

「そうか。おれは――いや、おれたちは人間より死人に近いんだ」

「いえ。人間以外のものに」

「死人とどう違うんだ？」

「生きています」

「おまえみたいなものでも、そう言えるのか？」

「ええ。生きています。この世界で呼吸をしているのは、人間だけではありません。色んな姿や形や考え方をしていても、彼らは生きているのです。たとえ、クトゥルーといえど」

「それはわかっている。おれたちは、奴の息の根を止めるために集められたんだ」

思わず声が大きくなった。

秋夜が自分の唇に人さし指を当てて、ドアの方を見た。

数秒を置いて、ノックの音がした。

「誰だ？」

陰々たる声が、それでも何とかドアを通じて、

「大海だ。何だ、でかい声を出して？」

大海は陰々と喜んだ。

「いや、何でもない。あれこれ考えてるうちについ」

ふと横を見た。秋夜の姿はなかった。

「ならいい。元気で結構だ」

「済まん。気にせんでくれ」

ドアから気配が遠去かった。

「あの方も辛そうですね」

また現れた。もう気にしなかった。

「みなそうさ。死にたくなるのも無理はない」

秋夜の手は彼の全身を這った。芯にあるこわばりが溶けていく——そんな気がした。

やがて、

「楽になりましたか？」

「おお。正直助かった」

「なら良かった。また参りますね」

「──行くのか？」

いつまでもそばにいると思っていたのかと、未来はそちらの方に驚いた。

「また」

秋夜はドアの前でふり返った。

「おまえの顔──」

「え？」

「──何でもない。だが、もう来てはならん」

白い顔が、どうして？　と訊いている。

「気持ちが良くなるのは、身体ばかりじゃない。明日も会えると思ったら、おれはもうあの訓練についていけない。ここまでだ」

「……」

「行け」

未来は背を向けた。

ドアを開ける音はしなかったのに、閉じる音だけは聞こえたような気がした。

未来は眼を固く閉じた。涙が頬を伝わった、と思ったのに、流れていなかった。涙を流すのは人間だけなのだった。


桜井一飛曹は梁《はり》に巻いたロープの強度を確かめてから、輪に首を入れた。

これでおしまいだ。すべてと引き換えに、あの訓練に耐える必要はなくなる。人間のままで死ねるのだ。

――隊長、副長、瑠璃宮先輩――弱い奴だとお笑い下さい。

――姉ちゃん、許してくれ。

椅子を蹴った。

身体が宙に浮き――落ちた。

「いててて」

尾底骨《びていこつ》から伝わる痛みは強烈だったが、声は出た。

あれだけ固く巻いたロープが？

そう思ったとき、視界の右横に、白いものが入った。

「おまえは？」

眼の前に白い手が差し出された。

何をすればいいのかはわかった。

それを掴むと、力も入れないのに立ち上がることが出来た。

「ここで、何してる？」

白い娘は、ひっそりと笑った。その笑い顔を、桜井は何処かで見たような気がした。

「秋夜と申します。お疲れを取りに参りました」

訳もわからず、桜井は娘にしがみついた。何だろう、甘い香りがした。何処か懐かしい場所でかいだことがある――そう思った。


一九四X年六月五日。午前一時三十分（現地時間四時三十分）ミッドウェイ島から方位三二〇度、一五〇浬《かいり》沖にあった日本帝国連合艦隊は、ミッドウェイ島アメリカ軍基地攻撃のため、正規空母

〈赤城〉より零戦九機、九九艦爆十八機、同じく〈加賀〉から零戦九機、九九艦爆十八機、〈蒼龍〉から零戦九機、艦攻十八機、〈飛龍〉より零戦九機、艦攻十八機を発進させた。うち艦攻は八〇〇キロ爆弾を装備していた。

六月七日には、近藤信竹中将率る第二艦隊がミッドウェイ島上陸の予定であった。この一戦に敗北は許されなかったのだ。

ミッドウェイ島は、ハワイ攻略の要所として重要地点であったが、連合艦隊司令長官山本五十六の真の目的は、空母を含む米太平洋艦隊をおびき出し、殲滅させることにあった。四月十八日、ドーリットル指揮の空母〈ホーネット〉艦載機による本土爆撃を受けた山本は、敵空母の脅威に戦慄したのである。

だが、暗号の傍受解読によってこの作戦を看破していたアメリカ軍は、空母〈ヨークタウン〉〈エンタープライズ〉〈ホーネット〉を中心に、重巡洋艦、軽巡洋艦八隻をハワイに集結、南雲忠一《なぐもちゅういち》中将率いる機動部隊を迎撃すべく出動させていた。これにミッドウェイ基地の航空勢力を合わせれば、十分日本軍に対抗できるとの計算であった。戦いの帰趨《きすう》を決するのは航空戦力だとアメリカは理解していた。戦艦は一隻もない。

対して、日本は山本五十六連合艦隊司令長官の乗船する旗艦〈大和《やまと》〉をはじめとして、戦艦〈長《なが》門《と》〉〈陸奥《むつ》〉〈伊勢《いせ》〉〈日向《ひゅうが》〉〈山城《やましろ》〉〈扶桑《ふそう》〉〈霧島《きりしま》〉〈榛名《はるな》〉〈金剛《こんごう》〉〈比叡《ひえい》〉、前述四空母、これに軽空母〈鳳翔《ほうしょう》〉〈瑞鳳《ずいほう》〉、重巡〈愛宕《あたご》〉〈鳥海《ちょうかい》〉〈妙高《みょうこう》〉〈羽黒《はぐろ》〉他六隻、水上機母艦四隻、その他駆逐隊、潜水艦隊を含めて、六十隻以上が参戦。正しく総力戦であった。既述のごとく、日本軍はミッドウェイ島攻撃のみならず、上陸まで企てていたのである。

だが、すでに南雲機動部隊を発見した偵察機からの連絡を受けた米軍基地は、ただちに戦闘機Ｆ２Ａブリュースター〝バッファロー〟二十機、Ｆ４Ｆ〝ワイルドキャット〟六機を邀撃《ようげき》に向かわせ、凄絶《せいぜつ》な空中戦の末、滑走路への被害は最小に留めた。基地の航空部隊は南雲機動部隊をめざして出撃した後だったのである。

このとき、国防省からミッドウェイ基地に派遣されていた映画班の監督は、カメラを廻しながら、

「その零戦——もっと右へ！」

と絶叫を放った。

しかし、ここで何を見たものか、戦後すぐ発表した『コレヒドール戦記』に続く作品群は、西部劇ばかりであった。後に「西部劇の神さま」と呼ばれるジョン・フォードである。

南雲機動部隊の動きを察知した空母〈ヨークタウン〉のフレッチャー少将は、〈エンタープライズ〉のスプルーアンス少将に〈ホーネット〉の艦載機もろともの攻撃を命じていた。

午前四時五分(現地時間七時五分)、ミッドウェイ基地のTBF〝アベンジャー〟雷撃機十機とB26〝マローダー〟双発爆撃機四機が南雲艦隊に襲いかかるが、護衛戦闘機はすべて基地へ侵入した日本軍機と戦っていたため、対空砲火と直掩《ちょくえん》の零戦に撃墜されてしまう。

一方、ミッドウェイ基地攻撃隊の友永丈市《ともながじょういち》大尉は、成果不十分だとして第二次攻撃を南雲に要請する。

南雲機動部隊の第二次攻撃部隊は、米空母攻撃のための魚雷を装備していたが、米攻撃機がミッドウェイ基地からのものだと知った南雲司令部は、〈赤城〉〈加賀〉の九七式艦上攻撃機に対し、雷装から陸用爆装に変換せよと命じる。

この間にも、ミッドウェイ基地航空隊の攻撃は続き、殆どは撃墜したものの、邀撃《ようげき》を続ける零戦の搭乗員は、燃料補給と弾薬装填のための着艦、発艦を繰り返し、疲労が蓄積されつつあった。

そこへ、偵察隊より、敵空母発見の知らせが入る。南雲司令は、ふたたび、陸用爆装を雷装に変換を命じた。

これに対し、〈飛龍〉に乗船していた名将山口多《やまぐちた》

九七式艦上攻撃機

聞《もん》は、陸用爆装のまま、即刻空母を攻撃すべきと進言する。護衛機も使えるもののみで良し、威力の小さい陸用爆弾でも敵空母の甲板に損害を与え、離着陸を不可能にすれば事足りると考えたのである。事態は一刻を争うのだ。

だが、このときすでに、ミッドウェイ基地から第一次攻撃隊が帰投、上空にて待機中であった。各空母の甲板は直掩《ちょくえん》の零戦機が発着に使用していたのである。

事実は、この時点で、雷装から陸用爆装に転換していた機は〈赤城〉で六機、〈加賀〉で九機に過ぎなかったという。これなら、雷装に戻すのは比較的簡単である。かつて〈飛龍〉で試したように、一時間半から二時間も必要ない。

南雲中将が生真面目《きまじめ》な性格だということは、誰もが知っていた。

　陸用爆弾では敵空母に致命傷を与えることは難しい。また、甲板使用中の零戦を戦場に留めれば、弾丸も燃料も不足した状態での邀撃《ようげき》ははなはだ困難である上、敵空母攻撃隊の護衛も満足に務まるはずがない。そして、護衛機なしの雷撃隊が、たやすく邀撃《ようげき》機の餌食と化してしまうのは、ミッドウェイ基地の雷撃隊を粉砕した自分たちが誰よりも知るところだ。

　さらに、上空待機中のミッドウェイ基地攻撃隊の燃料は尽きかけており、これ以上待たせては、全機着水――百機もの航空機と二百名以上の搭乗員たちを失う危険もあった。

　南雲の気性は、まずミッドウェイ基地攻撃隊の収容、その後兵装転換を行った上で敵機動部隊へ発艦しても、敵の攻撃前に可能だと判断した。

　午前五時三十七分、各空母は基地攻撃隊の収容を開始する。この作業は六時半までにほぼ完了、〈蒼龍〉のみ六時五十分までを要した。

　この間、午前六時二十分、〈ホーネット〉より発進したTBDデバステイターの雷撃機十四機が、南雲機動部隊上に到達、攻撃にかかるも、全機零戦により撃墜され、魚雷も命中しなかった。

ちなみに、戦闘終了後の名誉勲章推薦状には、

**日本空母に対する魚雷攻撃で、最初に大打撃を与えた故**

　とあり、ホーネット隊は他の部隊全員の恨みを買うことになる。

ＴＢＤデバステイター

午前六時五十分、今度はエンタープライズ雷撃隊十四機が殺到するが、通信不良のため護衛機がつかず、十機を失い、二十九名が戦死。生還した隊員は怒りのあまり、拳銃を手に戦闘機隊隊員の控え室へ乗り込んだと同隊の戦闘詳報にある。

運命の女神が手にした秤《はかり》をある方向へ傾けたのは、午前七時二十二分であった。

南雲機動部隊上空に、〈エンタープライズ〉のクラレンス・マクラスキー少佐指揮のＳＢＤ〝ドーントレス〟三十機と、マクスウェル・レスリー少佐率るヨークタウン艦爆隊十七機が到着したのである。

先行のヨークタウン雷撃隊の姿はすでになかったが、直掩《ちょくえん》の電撃隊はその名残りで低空を飛行中であった。空母の甲板には、零戦が数機ずつ見えるだけだ。ゼロの空母もある。

後に、甲板上で陸用爆弾を魚雷に換装中に攻撃を受け、運命の秤はアメリカに傾いた。あとわずかで全機発艦できた――という〈運命の五分間〉は、存在しなかったのである。

だが、その前に――

「右二十度に機影――味方機です！」

マクラスキー少佐の僚友ギャラハー大尉の叫びが無線機を震わせた。

「なに⁉」

そちらを追ったマクラスキーの眼に、見慣れた機影が灼きついた。

間違いない。〝ドーントレス〟とF4F〝ワイルドキャット〟だ。だが、何かおかしい。あの機体は？

3

低空の零戦隊がまずこれに気づいた。

このとき、〈ヨークタウン〉の雷撃隊を低空で迎え討っていた二十数機が急上昇で新たな敵へと向かい、〈加賀〉の見張り員も、

「敵、急降下！」

と叫んだ。

遅くはなかった。

急降下する〝ドーントレス〟の腹部へ、上昇する零戦の二〇ミリ機関砲弾が吸いこまれた。

搭乗員・江口義金《えぐちよしかね》は眼を剥いた。びくともしない。弾けとぶ破片は二〇ミリ砲弾か？　いや、敵の機体のだ。

戦闘機搭乗員の視覚が、すれ違いざま〝ドーントレス〟の異常を看破した。

機体の表面を奇怪な物質が覆っている。あれは――フジツボではないか⁉

その風防を、一二・七ミリ機関銃弾が貫き、江口の胸から上を血と肉塊に変えた。

貝殻装甲を施されたドーントレス怪は、〈加賀〉に二発の五〇〇ポンド爆弾を放つが至近弾に留まり、二発目の一発が飛行甲板に命中した。

急上昇に移るところを、〈加賀〉の対空砲が命中した。

両翼が吹っとんだ機体は、回転しつつ海面へ――ぶつかる寸前、怪異が生じた。

海中から水の尾を引いて噴出したものが、機体を受け止めたのだ。それは人間の形を整えながらも、全身を青緑の鱗《うろこ》で覆われていた。五匹いた。

ドーントレス怪は、うち二匹をプロペラで弾きとばしつつも、ゆるやかに水面へ落ちた。風防が開いてパイロットが現れる。それは海中からのものと同じ姿をしていた。

「――何だ、あれは⁉」

気づいた〈赤城〉の対空砲員が叫んだ。答えは艦橋の南雲司令が出した。

「――〈深きものたち〉。来たか」

彼は上空を仰いだ。

「あの爆撃機はアメリカのものに非《あら》ず。〈非常通信〉送れ！」

「了解しました！」

通信員が、モールス信号機の横についた赤いプラスチック・カバーを拳で粉砕し、南雲の突きつけた鍵を差しこんで右へ廻した。

二秒と待たず、

「入電です。〝こちらアメリカ太平洋艦隊司令長官チェスター・ニミッツ。貴艦よりの入電受け。ただちに〝対クトゥルー戦闘〟に切り換える。健闘を祈る」

「〝健闘を祈る〟と返電せよ。全艦、『ヨグ＝ソトホース〟粉』散布。全対空砲、機関銃も『ヨグ＝ソトホース弾』装填！」

南雲の指示に、伝令員が伝声管に駆け寄る。

鍵を廻した時点で、ニミッツへの送信と同じ内容が、連合艦隊の全艦に届いているはずだ。旗艦〈大和〉は海軍省司令部と大本営への連絡を怠るまい。

「全艦へ状況を送れ」

そう命じたとき、艦橋前面の防弾ガラスに、ぴしゃりと青緑の顔と手が叩きつけられた。

膨れ上がった眼球は、南雲以下人間たちへの憎しみに燃え、鼻孔《びこう》らしい楕円《だえん》の下には、分厚い唇がついて、下の喉が上下するたびに、水とも何ともつかぬ液体を吐く腹は白い。首のつけ根部分に鰓《えら》に似た裂け目が八つあり、液体はそこからも噴き上がった。両生類——蛙といえば近いだろう。だが、その場に居合わせた古強者《ふるつわもの》たちを心底戦慄させたとおり、そいつはどう見ても人間の面影を残しているのだった。

「〈深きものたち〉か」

背後の木口正五郎中佐が南部式を抜いた。

そいつはガラスにへばりついたまま、右手を腰のあたりに下ろした。初めて、人々はそいつが黄

金の円盤をつなぎ合わせたベルトを巻いている
ことに気がついた。円盤には、何人もの士官が嘔吐してしまった不気味な生き物の顔が彫刻されていた。

そいつが掴んだのは、ベルトにはさんだ何か――心臓にそっくりな物体であった。

管が二本しかないため、人間のものでないのはすぐにわかったが、生々しいくらい白い表面は、持ち主の腹を思わせた。

切断された管の一本の先をこちらへ向け、そいつは思いきり握りしめた。

ガラスに白っぽい液体が飛び散り、白煙が上がった。液体の触れた部分が溶けはじめたのである。誰ひとり立ち尽くすしかないまま、ガラスには大きな穴が開いて、そこへ外のものは右肩と顔とを突き入れて来た。

「化物が！」

絶叫した木口中佐の指は、引き金を引き切る寸前に止まった。背後にいた水森順吉少尉が、これも南部式を抜くや、彼の背後から心臓を射ち抜いたのである。

「水森!?」

叫んだ坂本八郎中佐は、水森の顔が忽然《こつぜん》と変貌しているのを見た。飛び出した眼球、水を吹く分厚い唇と首の鰓。似ている。入り込もうとしている奴と。

「インスマス面か」

南雲が呻いた。かたわらの草鹿龍之介参謀長が水森少尉の方をふり向いて、

「何が目的だ!?」

と叫んだ。

「動くな」

水森の口が、ぱあくぱあくと開閉した。

「じきに、わかる。全ては、テスト、だ」

「何い？」

突然、窓の外の奴の動きが止まった。おぞましい身体は、金色の煙に包まれていた。そいつは肩まで侵入していた身体を戻し、片手で喉を押さえた。

「〈ヨグ＝ソトホース粉〉だ」

かつて、米国のマサチューセッツ州の寒村に出現した異次元の魔性を、三人の科学者はこれを噴霧して消滅させた。〈赤城〉の全身はこれに包まれたのだ。

そいつは巨大な出目《でめ》を見開いたまま、仰向けにのけぞり、か弱い女子学生のように落ちていった。

「クトゥルー・フタグン」

奇妙な遺言《ゆいごん》が一同の耳に残った。

「銃を捨てろ」

草鹿参謀長が反乱者に歯を剥いた。その表情が恐怖に染まった。水森が十四年式を頭部に当ててから、インスマス面を歪めて——笑ったのだ。

銃声は彼の右のこめかみから左へ抜けた。

血煙りとともに崩れる身体へ眼をやる余裕はなかった。

〈赤城〉が震撼するや、艦橋の全員を床へ叩きつけた。ドーントレス怪の直撃弾を食らったのだ。

「〈蒼龍〉と〈加賀〉が傾いています！」

最初に起き上がったひとりが絶叫した。

二隻の空母は大きく右舷へ傾斜し、なおもその角度を鋭くしつつあった。

右舷は青緑に染まっていた。色彩《いろ》は蠢いていた。おびただしいものが、右舷全体に貼りつき、手にした縄状のものを艦橋にかけて、数万トンの巨船を横倒しにしようと狂乱しているのだ。

突然、両艦を黄金の霧が包んだ。同時に青緑のものたちは、一斉に虚空へ身を躍らせた。右舷の海面が小さな水柱で埋まり、艦は復元した。〈ヨグ＝ソトホース粉〉の効果であった。

歓声に包まれた〈赤城〉の艦橋は、次の瞬間、絶望の声に身を任せた。

ドーントレス怪の機影が上空から舞い下りるや水平飛行に移ったのだ。

その下方で〈加賀〉の甲板が火を噴いた。続いて艦橋に至近弾が命中し、岡田次作《じさく》艦長以下、参謀たちは全員死亡した。

「零戦は何をしてるんだ!?」

それは空母の乗員全ての叫びだった。

零戦は奇怪な敵との戦いを続けていた。

技倆は問題にならなかった。敵はひたすら急降下を続け、爆撃を敢行する。それを止められない。二〇ミリ機関砲と七・七ミリ機銃の猛射を浴びせても、グロテスクな貝の鎧を破壊するだけで、敵は平然と空母への攻撃を開始、また再開する。ひとたび急降下に移れば、降下速度に劣る零戦は追いつけない。

そのとき、〈赤城〉より、クトゥルー戦闘に移れとの通報が入った。

「よっしゃあ」

発射把柄《はへい》を左へ倒すと、機銃弾変装の響きが機内に渡った。〈対クトゥルー弾〉は、含まれる〈ヨグ＝ソトホース粉〉の絶対量が不足気味のため、出来るだけ温存の処置が取られていたのである。

「くたばれ」

急降下に移ったドーントレス怪を黄金の煙が包んだ。弾丸自体の効果は変わらない。だが、敵はきりもみ状態に陥るや、立て直しも出来ず、海面へ激突した。

「効いたぞ！　全機射ち落とせ」

三分とかからず、ドーントレス怪は海の藻屑と化した。爆撃開始後五分の出来事であった。

南雲機動部隊の被害は、しかし、甚大であった。〈蒼龍〉は沈没、〈加賀〉も火災鎮火ならず、〈赤城〉は航行不能――離れた地点にいた〈飛龍〉のみが、敵空母へ零戦二十五機を発進させた。

しかし、五〇キロの距離を越えて搭乗員たちが眼下に見たものは、〈エンタープライズ〉〈ヨークタウン〉〈ホーネット〉が、洋上に描く逃亡の軌跡であった。襲っているのは零戦であった。否、

「零戦怪だ！――誤認するな！」

重松康弘大尉はこう叫んで、フジツボ型零戦の後部上方より突入した。

吸い込まれる弾丸は、蛍光塗料《けいこうとりょう》を塗った棒のように見える。それがねじくれ、歪曲し、一カ所にまとまった次の瞬間、敵機は炎を噴き上げ落ちてゆく――のだが、今回は大小の破片を撒き散らしつつ、黄金の霧をまとったまま洋上へ叩きつけられた。

見れば、〈ヨークタウン〉など火を吐きながら対空砲火を続け、黄色い弾幕を突き破って撃墜され

る零戦怪も九九式艦爆怪も数多い。

「繰り返す、敵空母は味方だ。零戦は敵だ。フジツボで判断しろ」

こう無線装置に喚きながら、重松は妙な気分に陥るのを止めることができなかった。

アメリカの空母を守って、我が国の零戦と戦う？　一体全体、何が起こってるんだ。南方へ来て――いや、戦争を始めてから、おれたちはみんな、気が狂ったんじゃないのか。

風防の左を弾丸がかすめた。後方確認を怠った隙に廻りこまれたらしい。

ふり返ると零戦怪だ。幸い一機である。距離は五〇〇とちょっと。

「急ぎすぎだよ」

重松は左へと急旋回に移った。

追って来たが、フジツボの分過重なのか、たやすくふり切って背後を取った。

「あばよ」

二〇ミリの一閃で、そいつは吹っとんだ。弾倉に当たったのだろう。

決着はそれから二分とかからずについた。

〈ヨグ＝ソトホース粉〉の前に、奇怪な戦闘機の怪甲装は紙に等しかったのである。

念のため海面すれすれまで降下した重松たちを、米空母の乗組員は歓呼して迎えた。

「妙な気分だ」

と重松はつぶやいた。口に出さないと胸の中にこみ上げたものを抑え切れなかった。

三〇〇メートルばかり離れた海面が盛り上がったのは、そのときだ。

# 第七章　進化論

## 1

最初に気づいたのは、その上空に居合わせた重松の僚機だった。

凄まじい空電混じりの通信が位置を知らせて来た。

「全機上昇」

と命じて、重松は操縦桿を起こした。

一〇〇まで上がったとき、裂けた海水の間から、それが現れた。

フジツボ付きの飛行機だった。だが、その下で機体を支えるものを見た途端に、重松は自分の眼が信じられなくなった。

青緑の胴と手足を備えたそいつは、〈深きものたち〉に間違いない。だが、それがうじゃうじゃと貼りつき、両手で機体を支え、それを支えるものを下のものが支え、さらに――。下のものは海中に沈んでいたが、碧い水の下にも、数え切れないそいつらが潜んでいるのは間違いなかった。

飛行機は斜め上空を睨んで、直径五〇〇メートル――七十機ほどの円陣を組んでいた。

零戦、Ｆ４Ｆ〝ワイルドキャット〟、Ｆ２Ａ〝バッファロー〟、Ｐ39〝エアコブラ〟、Ｂ25〝ミッチェル〟、B26〝マローダ〟、TBD〝デバステーター〟、SBD〝ドーントレス〟――日本機では他に〈九九艦爆、九六艦爆が忌まわしい一団に加わり、重松が驚いたことには、陸軍一式戦闘機 隼《はやぶさ》までフジツボに覆われていた。

――沈んだ機体を組み立てたのか。しかし、それを支える奴らは――まさか――。

その考えが正しいとわかっても、重松は否定し続けた。

背鰭《せびれ》をきらめかせた何匹かがプロペラを廻し、風防内の奴がエンジンを始動させる。零戦怪が、隼怪が、F4F怪が走り出す。圧倒的に滑走路の距離が足りないと見えた。

落ちる。

その車輪の下で、支えたちが絵の具のように前方へのびた。奇怪な生物滑走路の上を、零戦怪は走った。頭がつぶれ、背骨がへし折れる――青黒い血がスプラッシュを続けた。

「撃墜せよ」

重松は大きく反転して、滑走中のF4F怪に向かった。

二〇ミリと七・七ミリ〈ヨグ＝ソトホース粉〉の猛打は機体と滑走路を貫通し、〈深きものたち〉の血と肉を洋上に撒き散らした。

機体は上昇に移った。

〈ヨグ＝ソトホース粉〉が効かない!?　こいつら、新型か!?

正面から零戦怪が仕掛けて来た。間一髪、左へ滑って躱わし、後ろへ廻りこもうと試みる――いない!?

身を捻った。後ろについていた！

急降下に移ろうとした瞬間、重松の胸と喉とを熱いものが貫いた。

その日、ミッドウェイの海は、油煙を散りばめた水面《みなも》に日本海軍の空母四隻、米空母三隻を呑み込んだ。
日本の南雲中将、アメリカのフレッチャー少将、スプルーアンス少将は重巡に乗り移って事無きを得た。
航空機は全機海の藻屑と化し、それを成し遂げた怪機たちは、ラバウル方面へと飛び去った。
日本ＶＳアメリカ
日米ＶＳクトゥルー
二つの雌雄を決するこの戦いで、少くとも後者の勝敗だけは明らかであった。

エンジンの不調は晴天の霹靂であった。

エリラ島の北西五〇キロ、高度四千メートルに差しかかったとき、発動機の出力が急速に落ちた。

搭乗員の技倆がどうあれ、機体がイカれてはどうにもならない。

基地へ戻る力はないと判断し、陣外は不時着を決めた。

幸い、二〇キロほど東に小さな島々が点在している。そのどれかに辿り着けば、機も自分も生命を拾えるだろう。

基地へは島々の名前と位置を告げ、訓練を続行するよう瑠璃宮に送って、陣外は降下に移った。

途中でイカれるかと思ったが、何とかいちばん近い島まで保った。

着陸地点は、島のほぼ中央に位置する平原であった。草茫々だが、呆れるほど平坦な地面が、零戦の足も折らずに着陸させてくれた。

だが、南部十四年式拳銃と水筒を手に機を下りてすぐ、エンジンは火を噴いた。無線器をと思ったが、炎は機体を包んでいた。

すでに島の位置は知らせたと諦めるしかなかった。ここにいれば、すぐ見つかるだろう。地図で見た記憶もない孤島だが、近くのムーサウ島は搭乗員なら誰でも知っている名前だ。半日も待てば二式大艇が、その巨大なフロートで水をなだめながら駆けつけてくれるに違いない。午前七時三十五分――一日はこれからだ。

「ん？」

陣外は眉を寄せた。

不時着時にはわからなかったが、前方に小さく、丸太と植物の葉でこしらえた家のようなものが見える。眼を凝らすと一軒ではない。集落のようだ。

気にもしていなかったが、この島にも現地人がいるらしい。

「魚くらい持って来い」

とつぶやき、陣外はそちらへ歩き出した。好奇心に駆られたのである。アメリカやイギリス、オーストラリアの息はかかっていまいと踏んだが、違っていたら腰の十四年式に頼る他はない。

誰かに名を呼ばれた――ような気がした。

左手――森の方を見た。

木立ちの前に白い女が立っていた。

秋夜。

首をふっている。あれは――行くなという合図か？

陣外はそちらへ歩き出した。

そのとき、前方から何人もの声がまとめてぶつかって来た。

「兵隊サン」

たどたどしいが、慣れた口調だった。

白髪の老人を先頭に、陽灼けした男たちが五人ばかりやってくる。その笑顔より、首から下げた黄金の飾りが陣外の眼に灼きついた。

秋夜の方を向いた。

もういない。


幻かと思った。そう納得するしかなかった。

老人は近くの海岸に住む部族の首長で、昔はよくラバウルの港へ魚を運び、そこで日本兵と親しくなったと告げた。

「基地ヘモ魚運ンダ。日本兵隊サン高ク買ッテクレタヨ。ダカラ好キ」

白い歯を見せて笑う老人へ、

「正直者だな」

陣外も笑い返した。

「飛行機モウ駄目。我々ノトコヘ来テ休ムト良《い》イ」

みなうなずいた。シャツもズボンも身につけている。老人の話には真実があった。

救助艇が来るまで、まだかかるだろう。お茶くらいはイケるかも知れない。

「世話になる」

と陣外は頭を下げた。


草原を下るとすぐ海辺だった。

砂浜が切れた丘の向こうに、二十数軒を数える小屋が並んでいた。

陣外を見ると、すぐに戸内の連中が現れた。みな笑顔である。

村の奥に、一軒だけ離れた小屋があった。誰も出て来ない。いないのかと眼を凝らすと、窓の半ばまで上がっていた筵《むしろ》のようなものが、勢いよく落ちた。覗いていたらしい。

「コッチコッチ」

首長に声をかけられるまで、陣外はある思いに捉われていた。

――何だ、あの不気味な顔は？

それだけではなかった。

――何処かで見たことがあるぞ。


家はみな三尺ほど高い位置に床があった。

首長の家の調度は陣外の部屋にヒケを取らなかった。

椅子やテーブルは古いがしっかりした物だし、戸棚には新しい模様が絵の具で描かれている。

娘らしい女が飲み物を運んで来た。椰子《やし》の汁だ。甘い石ケンのような味が陣外の舌には合わなかった。

娘の胸もとに揺れる黄金細工が、陣外の胸にまた小波《さざなみ》をたてた。

娘が下がってから、

「あれは、この村の細工か?」

と訊いた。

「違う」

首長は、これは陽灼けでも隠せない皺深い顔をふった。古武士《こぶし》のようにいかめしい表情が、どこかで崩れている。口元だ。笑っているのかと思った。

「コレ、海ノ底カラ来タ者タチカラ貰ッタ品。マダ人間モ他ノ生キ物モ生マレテイナイ時代ニ、コノ星ヘヤッテ来タ神ヤ下僕タチヲ象《かたど》ッタ品ダ」

「海の底から、なあ」

腰の十四年式が気になった。

前から知っていた。ラヴクラフトの小説――確か「インスマスの影」とかだ。

アメリカはマサチューセッツ州の寂れた海辺の街は、その支配者ともいうべきマーシュ一族が、南洋の島で奇怪な遭遇を遂げてから、現代の時の流れの中に生まれた癌細胞のように、怪異な住人たちの増殖を遂げはじめた。

若いうちは尋常な人間でいたものが、ある時期から変貌を開始し、魚とも人間ともつかぬインスマス面に成り果てる。その原因は、マーシュ一族のひとりが、島の古老を通して海中に生きる忌まわしい生きものたちと結んだ、ある契約だ。大漁を約束する代わり、人間の生け贄を定期的に差し出す。さらに、海中に生きる者と人間との契りと混血を押し進める。

マーシュ家のひとりとは、オーベット・マー

シュ船長。彼が自らの運命をねじ曲げた場所とは
〝オタハイト島の東にある島〟だ。

そして、カロリン諸島のポナペ島にも、この島と同じ太古の石像があるという。

ポナペ島——北緯六度五四分、東経一五八度一四分。トラック島のほぼ西千キロの海上に浮かぶ小島である。そして、ここはポナペ島から西南西へ一〇〇キロと離れていない。

オーベットが異海のものたちを知った小島は、後に原住民のカナカイ族全てが消えてしまい、最初から人など住んでいなかったような無人島と化していた。

その島を捨てた連中は——

「いつからここにいる?」

平凡な声を出すために、陣外は死ぬほど努力しなければならなかった。

「ワシノ曾祖父《じい》サンノ時ニヤッテ来タ」

「やって来た? 何処からだ?」

「判ラナイ。モット北ノ海トモ南ノ海トモ云ウ」

「成る程、知ってる者は皆死んでるわな」

「違ウ」

少し間を置いてから、陣外は、何だと? と返した。

「曾祖父モ、当時ノ仲間モ、イナクナリハシタガ、死ンデハイナイ」

「——じゃ、何処にいるんだ?」

「い=は=んすれいダ」

「違反しろい?」

「い=は=んすれいダ」

「何だ、そりゃ? 海底の都か?」

「ソウダ」

行き当たりばったりが適中したので、陣外は驚いた。

「そこにみんな生きてるのか？　曾祖父さんなら百を超えてるだろ？」

「曾祖父サンノ曾祖父サンモイル。彼ラノ生命ニ終ワリハナイ」

「おい、不老不死ってことか？」

首長はにやりと笑ったきりである。素朴さの陰に潜む底知れぬ邪悪さがコンマ一秒閃いて消えた。

――早めに出た方がいいな。もう少ししたら迎えが来る。

残った椰子の汁を空けて、

「そろそろ迎えが来る頃だ。邪魔したな」

と立ち上がった。

「ソレハソレハ――早イオ発《た》チダナ。村ノ者ニ送ラセヨウ」

「要らんよ」

「イヤ、必要ニナル」

「ひとつ訊いてもいいかね？」

「何ナリト」

「ここへ来る途中、離れたところに小屋があった。人が入っていたな。ありゃ、何だい？」

「ジキニ判ル」

またあの笑みだった。

「そうか。じゃあな。娘さんに、椰子の汁は美味《びみ》だったと伝えてくれ」

「ビミ？」

「美味《うま》かった」

「判ッタ。スグマタ飲メル」

「だといいな」

なるべくゆっくりと陣外は外へ出た。数人の若者がこちらを見上げていた。階段を下りて、零戦の方へ歩き出したとき、背後で首長の声が二度聞こえた。

二人の若者が陣外の方へやって来た。

「見送りなら要らんと言ったぞ」

ふり返って、ドアの外に立つ首長に叫んだ。

「必要ニナル。連レテ行ケ」

「要らんと言ったら要らん」

強く言い放って、陣外は歩き出した。

## 2

足音がついてくる。二人だ。

舌打ちした。村の連中は誰も武器を持っていなかった。いざとなったら十四年式で何とかなる。しかし、飛行機なしでは喧嘩にも自信がない。何とか零戦のところへ辿り着けば、上から見つけてくれた場合、すぐ着陸、救助される。

ふり向いて、帰れと日本語で伝え、村の方を指さした。

白い歯を剥いて笑った。屈託のない笑顔である。足は止まらない。

「ええい」

舌打ちして、足を早めた。

事態が急変したのは、道半ばあたりであった。景色がぼやけ、全身から力が失われていく。

「何だ、こりゃ⁉」

声も舌足らずだ。熱はない。マラリアではなさそうだし、こんな症状の風土病も聞いた覚えはないだ。しかも、急すぎる。

閃いた。

あの椰子の汁に何か混ざっていたのか。

こちらも用心してはいたが、向こうは遥かに先を行っていたのだ。

海の底に生きるものから黄金の装飾品を手に入れた——百年以上前、どこぞやの船長が同じことをしでかしたときに、不気味な伝説が始まったのではないか。

ここでおかしな現地人たちの手にかかるわけにはいかない。

小指の先ほどバランスを崩しただけで倒れそうな状態で歩を進めながら、陣外は丹田に意識を集中した。

歩行への意識を失った陣外を進ませているのは、単なる神経と肉体の共同作業であった。

坂を昇り切り、燃えた零戦の見える位置まで死ぬ思いで辿り着いたとき、衝撃が眼から飛びこんで来た。

零戦は消えていた。

硬い絶望がかろうじて保っていた精神《こころ》の張りを突き破り、そこから溢れた椰子の効き目が、彼を昏倒《こんとう》させた。

闇から浮かび上がると、狭い部屋の中であった。

あの小屋だと一発でわかった。家具も照明もない。

魚臭い空気が鼻を衝くが、吐き気を催すほどではなかった。

あの窓には筵《むしろ》がかけられ、裾から青い夕暮れが洩れていた。奥だけがひどく暗い。

基地からの捜索は出たに違いないが、零戦なしでは発見も困難だろう。

だが、いずれは来る。それまでに自分がどうなっているか、だ。

身体は何とか動く。陣外は起き上がった。自然に腰へ手をやって驚いた。十四年式もそのままだ。弾倉を調べた。弾も抜かれていない。

しめた、と思いながら、胸は少し重くなった。

背後で床が鳴った。

陣外はふり返った。

そこだけ濃い闇に覆われていた片隅から、人影が現れた。

白っぽい長衣で全身を隠した姿は、身体つきから女と見えた。頭からかぶった布の頭巾を喉のところで紐で結んでいる。爪先も指先も布の中に潜んでいるのが不気味だった。

十四年式を向けて、

「――誰だ？」

と訊いた。昼間見た顔の主か。

いあ、と聞こえた。鼻にかかった声は、イアというのが正しい発音だろう。

「イア……イア……フングルイ……ムグルウナフ……イア……クトゥルー……」

「やっぱり、クトゥルーか」

陣外は狙いを頭巾の眉間に定めた。そのとき、外にも意識を集中したのは、常に四方を警戒せざるを得ない飛行機乗りの習性か。物音も声もしない。しかし、気配は感じられた。

——成り行きを見守っているか。

女が足を止め、長衣の胸もとに手を上げた。これも布の手袋をはめている。

「よせ」

低く命じた。とんでもないことが起きそうな予感が、全身を石に変えつつあった。

手袋が落ちた。白い手が現れた。ひどく長い——一〇センチ近くある爪——は鉤のように尖っていた。

「よせ!」

布が持ち上がる寸前、陣外は引き金を引いた。以前の自分なら信じられない行為であった。

弾丸は——鼻稜の右のつけ根に命中した。衝撃で女はのけぞった。

悲鳴らしいものが上がったが、陣外にはどうしてもこれが、この世の生き物の声とは思えなかった。

二歩下がって、女は踏みとどまった。

大きく反った上体が、顔ごと戻って来る。

女は人さし指の先を襟に当て、一気に引き下ろした。

裂けた布地は腰のあたりですべて脱げ落ち、中身を露《あらわ》にした。

熱い塊《かたまり》が陣外の下半身を疼《うず》かせた。

淫らな液体を分泌して熄《や》まぬ肌は、明け方の沼

のように濡れ光り、豊かな乳は、握りつぶしてくれと淫《みだ》らな訴えを続けている。くびれた腰の下部に這う繁みは妖しく乱れ騒いで、男たちのものを待っているかのようだ。

――この女を抱くのか

異常な欲望に身を震わせながら、陣外は小さな猜疑《さいぎ》心を忘れなかった。

オーベット・マーシュの一族は、彼が南の島からある女を連れて来て婚姻を遂げて以来、妖霧に包まれはじめた。

海の底で生きる血が人間と混ざり出し、数十年が経ったとき、現実世界に人妖混交の港町が生まれたのだ。

――こいつら、エリラ島にも？

戦慄と反抗の意識は、しかし、顔無き女体が前進し、ねっとりと白い腕をからめて来た瞬間、消えてしまった。女はのしかかって来た。苦もなくねじ伏せられた。陣外の身体は、回復していなかったのだ。

「やめろ」

十四年式は、握った手ごと押さえつけられ、女の残った手は陣外の股間へとのびた。

「やめろ！」

抗う声に反して、彼の器官は限界まで猛っていた。

女が浮いている尻を下ろした。熱泥が彼を呑み込み、淫らな手のようにうねって翻弄した。

不意にうねりが止まった。

陣外の上気した頬を、冷風が叩いた。

閉じていた眼が、罪滅しのように開いて、のけぞる女を見た。

「おまえは——秋夜!?」

そのたおやかな手は、女の喉に巻きつき、頭巾を剥ぎ取ろうとしていた。

女を見つめる眼は、熱く爛《ただ》れた陣外の意識が正気に戻ったほど冷たかった。

頭巾は剥がれた。

腫れ上がった瞼《まぶた》の下の眼はひどく離れていた。鼻稜は無いに等しく、その分突き出た鼻先の下に分厚い唇が二枚、休みなく小刻みに震えていた。

「このガマガエル」

十四年式の銃口はだぶついた顎の下にめり込んだ。

「くたばれ」

八ミリの空薬莢が続けざまに三個舞った。弾丸は貫通しなかったが、妖物は立ち上がり、後じさった。その首には白い手がなお巻きつき、その背後には白い着物が見え隠れしている。

もと来た闇に女は着物の主もろとも消えた。

陣外はズボンを引き上げ扉へと走った。

外に村人がいるのはわかっていた。

十四年式をぶっ放せば何とかなるだろう。

「わっ!?」

声が唇を割った。

小屋の前は人で埋まっていた。いや、人の形をしたものたちで。

先頭の首長と周囲の村人たちは、まだ人間だった。だが、それ以外は——見た者が悲鳴を上げるに違いない。

青緑の肌からは、休みなく透明の液体をしたたらせ、肩や背や腹の一部には鱗が貼りついていた。手足には半ば透きとおった水掻《みずか》きがつき、首長の家で見たのと同じような黄金細工が胸もとや手首を飾っている。

「何てこった――この村は丸ごとクトゥルーの一派か」

またも脱力の波が全身に打ち寄せ、陣外はへたりこみそうになるのを必死でこらえた。

「逃ガスナ――新シイ仲間ニスルノダ」

首長の声に、人間たちが応じた。何人かが階段を昇って来た。

「阿呆が」

十四年式が吠え、先頭のひとりが腹を押さえてのけぞった。即死はしないが、戦闘力を奪うにはここがいちばんだ。他の部位だと心臓を貫通しない限り、割合平気で向かって来る。

二人倒されると、村人たちは後退し、手にした銛《もり》や矠《やす》を投げた。興奮か恐怖のせいでどれも陣外から離れた壁に突き刺さった。

一本掴んで投げ返し、もう一本を手に取って陣外は階段の頂《いただき》から跳び下りた。

そこにも奴らはいたが、向かって来る足取りは鈍くて遅い。

真正面の奴の胸に銛を突き刺し、仲間の方へ突き倒して、陣外は土手を駆け上がった。

頂でふり返った。

音をたてて血の気が引いていくとは思わなかった。

村の内部と海辺は、奴らで覆われていた。空気はさらに青味を増していたが、視力を鍛えつづけている陣外の眼には、見渡す限りの砂浜を埋め尽くす奇怪な顔も細部に至るまではっきりと見えた。

その全体像が悪夢なのではなく、一体一体が個別の悪夢の産物ではないかと思われた。だが、陣外を戦慄させたのはそれではなかった。

海が奴らを生んでいるのではないか。

黒味がかった波間から、青緑の頭部が次々に現れ、砂浜に全身をさらしていく。限りあるスペースで押し合いへし合いしている様は、

「芋を洗うとはこれか？」

自分のつぶやきに、陣外は吹き出してしまった。

その眼の前に、ぬうとあの顔が現れた。先頭の奴も土手を上り切ったのだ。

「来るな！」

怯《ひる》まず突進した。

頭から胸もとへ突っ込むと、そいつは呆っ気なく後退し、土手を落ちていった。

踏みとどまって、自然に下を見た。

人の姿をした蛙どもが、ゲロゲロ上ってくる。二本足で通常歩行する中に、その顔どおりぴょんぴょん跳ね上がってくる奴もいて、陣外は吐きそうになった。

零戦のところへ——と思ったが、すぐに気がついた。

どこまで逃げられる？

すでにない零戦の方へと走り出した。

土手から次々と人影がこぼれた。

——逃げるのは無理か。

こう頭をかすめた。

月光の滲みはじめた一室で、長身の影が低く吟《ぎん》じていた。

「イアハ！　ンガイ・ングアグアア・ブグ＝ショゴグ・イハア、ヨグ＝ソトホース！　〈クトゥルー〉とその信者よ。おまえたちの脅しの道具、別の用に使わせてもらうぞ」

別の一室でこちらは平凡な影が、こう叫んだ。

「大変だ、無《ね》えぞ！」

いきなり足が滑った。立とうとしたが、ひどく痛んだ。背後のゲロゲロ声が強く鼓膜を打った。

——いかん
陣外が唇を噛んだとき、それは起こった。


背後の敵の最前列に、巨大な円環が落ちて来たのである。

地響きに、押しつぶされた奴らの絶叫がかさなった。そして、それが本来の目的ではなかったのだ。

「イア・イア・クトゥルー・ハガロンンヌヌ・ギクバ」

言語とも唸り声ともつかぬ音が一斉に噴き上がるや、敵は大きく後退した。落ちて来たものの発する何らかの力が、そいつらを押しのけ、怯えさせたとしか思えない。そいつらは跪《ひざまず》き、両手を上下させて畏怖の思いを示しはじめたではないか。

「——これは、クトゥルーの腕輪だ」

そびえ立つ守護神を、陣外は呆然と見つめた。

彼方で爆音が轟いた。銀色の機体が近づいてくる。

零戦だ！　と意識した刹那、それは頭上を超えて、奇怪な追跡者どもを砂煙が包んだ。発射音は届かないが、砂煙のサイズからして二〇ミリと七・七ミリの斉射に違いない。

零戦は数百メートル前方で反転し、もう一度攻撃を繰り返した。拳銃弾なら平気な魚怪たちも機銃弾《たま》には堪らず、血と肉片の霧の中に倒れ伏していった。生き残りは海中へ逃亡した。

二式大艇が海上へ着陸したのは三十分後だったが、陣外はすぐに乗り移ることが出来なかった。水の中が無性《むしょう》に怖かったのである。

## 3

「で、人間どもはどうした？」

笹司令は沈痛な面持ちで訊いた。司令室には勝俣副司令と瑠璃宮大尉、外谷整備班長がいた。

「わかりません。恐らくは島の何処かに隠れていると思いますが、或いは地下に洞窟か脱出涌路でもあって、別の島に逃げたかも知れません。討伐隊を送っても何も見つからないでしょう。それよりは、徹底的な爆撃を行って島ごと葬り去ってしまうべきだと思います。インスマウス症ともいうべき変貌の元凶オーベット・マーシュが、あの島で異界の者たちと交渉を持ったのは間違いありません」

司令と勝俣副司令がうなずくのを見てから、戸口で直立不動の外谷整備班長をふり返って、

「おれの零戦を整備したのは誰だ？」

「矢島整備兵であります」

「いま、いるか？」

「そらもう」

「連れて来い。鉄拳制裁《てっけんせいさい》だと伝えろ」

その程度かと思わせるためである。零戦の不時着が意図的なものだと、こちらが気づいたことを知らせてはならない。

外谷は去った。

「すると、この島の周囲の現地人は、誰ひとり油断がならんということだな」

勝俣副司令が苦々しげに言った。

「少なくともこの島の連中はまともだと思いますが、保証は出来ません。この島の奥にもおかしな石柱や石の彫刻がありましたね」

「おお」

「あの彫刻の顔のひとつが、首長の娘がつけていた首飾りのデザインと良く似ているのです」

「それはいかん」

笹が立ち上がった。どちらかというと反応の鈍い男だが、このときは驚くほど迅速であった。

「夜が明けたらすぐ工作隊を編成して破壊する」

隣りの勝俣を見た。副司令はうなずいた。こちらは指揮官としての欠陥も多いが、実行力はある。

「自分も加えて下さい」

陣外は背中を押されたような気分で申し出た。

「ならん」

こちらも唐突――勝俣であった。

「おまえは零戦隊になくてはならぬ人間だ。訓練を怠るな」

「気になるのです。何かはよくわかりませんが」

「ならん」

勝俣の声に符合するかのように、ドアがノックされた。

外谷整備班長であった。敬礼して言った。

「矢島がいません。夕食の後の点呼には確かにおったんですが」

「すぐに捜索しろ」

「いえ、多分、基地内にも基地の近くにもおりません」

陣外は異議を唱えた。自信があった。

「何故、わかる？」

勝俣の眼も声も険しくなった。


「矢島が自分の機に仕掛けを施した張本人ならば、その指示は海の中に潜むものから来ております。恐らくはラヴクラフトの作中に現れる〈深きものたち〉でしょう。矢島整備兵の外見におかしなところはあったか？」

外谷は、ありませんと答えた。

「なら、海中へ逃げることは出来ません。私が捕らえられた島へ泳いで渡るのは不可能です。〈深きものたち〉が連れに来るなら別ですが、それよりずっと身近に奴らの馴染みの場所があります」

矢島俊一は長野県の貧農《ひんのう》の息子として生まれた。彼の一族は近在の村や住人たちにとって忌むべき存在であった。

その地方の何処よりも古い家系であったが、四代目の俊三の時代に、奇怪なものに凝りはじめた。呪術である。

代々の名主《みょうしゅ》の家に残る古記録によれば、卜占術《ぼくせん》程度なら慣れっこの村人も、夜ごと俊三の地所から不気味な鳴動《めいどう》や獣らしい唸《うな》り声、彼らの知っている呪詛やまじないの呪文とは明らかに異なる祈りの言葉らしきものには戦慄し、名主に訴えた。

まだ江戸幕府の時代である。名主は代官に伝え、役人が出動した。不気味な現象は、名主の家でも確認していたのである。

ある冬の午後、役人五名は名主と二名の使用人を伴に、俊三の家を訪れた。

当時の貧農の家などあばら家同然である。その前夜、例のごとく鳴動と唸りが近隣を脅やかしていたが、訪《おとな》いの声に応える者はなく、踏みこんだ役人たちの眼に映ったものは人が住まなくなって数年も経ちそうな無人の廃家であった。

しかし、昨日、野良《のら》仕事を終えた俊三と女房が、二人の子供たちの声が洩れ聞こえていたその家へ入っていく姿を、近くの農夫が目撃している。

家捜しせよと役人に命じられるまま、床板を剝がす、屋根は引き下ろすという騒ぎの挙げ句、名主の使用人が床下の地面に石の蓋《ふた》を発見したのである。

どうやって持ち上げたのかは不明のまま、五人がかり、汗みずくになって蓋を取りのけ、蝋燭《ろうそく》を点して黒い孔を下りていった。

いつこんなものを、どうやって、と誰もがうそ寒くなったほどの大工事であった。廃家の地下には天井も床も壁も石と木で補強された直径十尺(約三メートル)もの隧道《トンネル》が走っていたのである。

進めば進むほど、工事の規模に一同は恐怖を感じてきた。力仕事の域を遥かに超えた築城術と言ってもいい技術の集積であったからだ。この孔をくり抜いた大量の土も、どのように処理したのか。

みな引き返したい気分になった頃、前方に石を重ねた階段が見えて来た。

今度は石の蓋もなく、一同は地上へ出た。

俊三に関する記録はここで終わっている。

——この先、記すことあたわず

唐突な末尾が、何によるものかはわからない。

ただ、十数年後に、俊三と女房の面影を宿した男女が千曲川《ちくまがわ》のほとりに現れ、名主《みょうしゅ》の許可を得た上で生活を送ったとある。

矢島俊一はその子孫であった。

長野の寒村で、彼の先祖同様、奇怪な呪術を駆使してはいたが、これは拝み屋という職業のせいとして大目に見られた。千曲川の氾濫《はんらん》や降雨時期やその量等、近隣に有意義な活動も認められていたのである。

だが、俊一は両親の本当の姿を知っていた。父の真の住いは、家から五里(約二〇キロ)ほど離れた宗方山《むなかたやま》の中腹にある洞窟《どうくつ》であった。

物ごころついた頃から、彼は父に連れられて顔を出し、岩をくり抜いたような寒々しく重い空間に置かれたおぞましい魔術用具を見た。

「おまえは、〈古えの神《エルダーゴッド》〉に仕える者たちのひとりなのだ。矢島の本家の者はみなそうだ」

矢島は黙っていた。生まれた瞬間から彼にはわかっていたのである。

「何をしたらいいのか、承知だな？」

矢島は童顔を邪悪に歪めてうなずいた。

「二十三年後に――お役に立ちます」

舌足らずな幼児の声で言った。

役目は済んだ。矢島は二十年以上負って来た肩の荷を下ろした気分だった。後は脱出するだけだ。

ジャングルの中の遺跡が、海魔神クトゥルーの復活の儀式を司る祭祀場の名残りだと、もはや知っている者はいまい。

盗み出したオートバイを乗り入れたのは、数本の折れた石柱や石塀の残骸が月光を浴びる広場だった。石に刻まれた物の怪《け》たちが侵入者を見つめている。

バイクを下りて印を結び、神への祈りを唱えると、矢島は広場の中央から、やや西寄りの地面に置かれた丸石のところまで歩いた。

これさえどければ、海へと続く隧道《トンネル》が待っている。

丸石の上に屈《かが》みこんだ瞬間、彼はあるものを認めて凍りついた。

表面に彫りこまれたクトゥルーの隠秘紋《いんぴもん》が削り取られ、その隣りに別の秘紋が描かれている。ヨグ＝ソトホースの紋章が。

「いい月だな」

と声がかかったのは、そのときだ。

反射的に左方を向いた表情には、奇怪な翳が揺れている。

横倒しになった石柱に、エリオット・ウェイトリイが腰を下ろし、異様に光る眼でこちらを見つめていた。

「――初めて見たときからわかっていた。クトゥルーの眷属《けんぞく》。海へは帰さん」

「ウェイトリイという名を聞いたときに、処分すべきかどうか迷っていた。そちらから出向いて来たとはもっけの幸いだが、そちらにとっては大いなる不幸だぞ。ここで引導を渡してくれる」

「勝てるか、偉大なるクトゥルー風情が、全にして一なる〈門〉の守護者ヨグ＝ソトホースに？」

ウェイトリイは笑った。矢島が笑った。

矢島の右手が、ベルトに差した十四年式拳銃にのびた。

銃声は一発だった。

矢島は笑いを崩さず、ウェイトリイの右手で硝煙を立ち昇らせるブローニングM1910を見つめた。眉間の弾痕から噴き出る血が、顔に青黒い筋を描いた。

「ぐ……ぐ……イア……イア……クトゥルー……ウガナグル……フタグン」

呻き声はここで途切れ、彼は前のめりに倒れた。

# 第八章　海より空より

## 1

　ウェイトリイは、ブローニングを握ったまま立ち上がった。珍しく巨体にふさわしい鈍重な動きであった。ブローニングを捨て、石柱に立てかけてあった木の棒を掴んだ。五〇センチほどの先に銅線を巻きつけたコイルのような品がついている。

「使わずに済んだか」

　心の底から洩らして、オートバイの方へ歩き出そうとした。

　その背で蛙がひとつ鳴いた。

　ハンドルを掴んだところで巨漢はふり向いた。

　脳に弾丸を受けた男が、ぎくしゃくと立ち上がるところだった。

　右手は南部式を離さないが、左手には別のものを掴んでいる。

　直径一〇センチほどの鏡――光からして銅鏡だ。

　ウェイトリイの関心と興味は、それよりも死に損《ぞこ》ないの顔にあった。

　これまで人間性を維持して来た気力を、九ミリ弾丸が破壊してしまったものか、青い瞳に映るのは、人間の面影を留めた蝦蟇《がま》の顔であった。

「フングルイ……ムグル……ウナ……フー……

まだ決着は……ついて……いないぞ……ヨグ＝ソトホースよ」

彼は左手を上げた。

銅鏡の縁には赤い石が散りばめられていた。それは月に向かって掲げられ、すぐにウェイトリイに向けられた。

闇が濃さを増した。かろうじて、星々の光が怪事を償った。二人の影は地に落ちている。

だが、月は消えていた。

「……底知れぬ海淵には光など届かぬ。それを補うべく、偉大なるクトゥルーはこれをこしらえた。地上で使えるようにするのに、ついさっきまでかかったがな」

見よ、銅鏡の表面は波立っているではないか。それは銅ではなかった。海の水なのだ。


「これを海面に浮かべて月を〝移す〟。映すのではないぞ。直径は千キロもあったろう。月もそれに応じて変化を遂げた」

矢島はここでひと息ついた。さすがに脳内の弾丸が効いているらしい。それでもすぐに話し出した。

「直径千キロの水月《すいげつ》を見たことがあるか？　月を映した水は、ふたたび深淵へと回帰し、偉大なるクトゥルーの神殿に明かりを点すのだ――こんな風に！」

鏡面の月がかがやきを放った。

月の光とは陽光の反射である。クトゥルー――〈旧支配者〉の呪われた技術によって、それはどのように変換されたものか、かがやきはひとすじの光と化して、エリオット・ウェイトリイの心臓を貫き、彼方の闇に吸い込まれた。

「戦車が光ったぞ！」

トラックの運転席で、ハンドルを握った陸兵が

「光がとんで来て――いや、大変だ。戦車が溶けてく！　ジープは大丈夫か？」

「来たか」

矢島俊一は両生類と化した喉を鳴らした。

「おれの古巣だが是非もない。昨日までの戦友よ、おまえたちも偉大なるクトゥルーの洗礼を受けろ」

光は迸《ほとばし》った。

「今度は木がくり抜かれたぞ！」

「危険だ、みな下りろ。散開して前進！」

真っ先にとび下りた兵たちの顔が光に打たれて消え、胸に真円が開いた。

魔光は愉しげに閃いた。

「どうだ、どうだ」

狂笑を放ちながら、矢島はゲロゲロと喚《わめ》いた。

手足は水掻きを備え、分厚く巨大な唇の間から絶えず粘液がしたたった。

その両眼がぎょろりと剥かれた。

天候の唐突な変化に気づいた虫のように、彼は

身をすくめた。

凄まじい風の運んだ雲が月を隠した。

待ちかねたかのように稲妻が闇を裁《た》ち、霹靂《はたたがみ》が怒号する。

水鏡が弾けとんだ。

太古の祭祀場の覇権を別の存在が握りつつあった。

「まさか」

愕然と見つめた先に、右手を掲げたウェイトリイが立っていた。

棒の先のコイルは青白い光を点滅させている。

それに招かれたか、〈門〉の守護者よ。

何かが虚空のどこかから下りて来た。

矢島にもそれがわかっていたが、どうすることも出来なかった。


悲哀に満ちた叫びとともに、彼は消滅した。


十数分後、広場へとび込んだ陣外や兵士たちは、深夜の出動の甲斐もなく、異常な何事も発見できなかった。月光に照らされた広場のどこかで虫が鳴いていた。ヨグ=ソトホースの紋章を刻んだ丸石など跡形もなかった。

陣外はまずウェイトリイを疑ったが、それは実らなかった。とおの昔に、彼は牢獄の中で高いびきをかいていたのである。

一度も外へ出ていないと監視兵は断言した。

司令部での大騒ぎを背に、陣外はひとり牢獄へ入った。

格子の向こうから声をかけると、ウェイトリイはすぐに起き上がり、ベッドに腰をかけた。

陣外は、自分の機におかしな仕掛けをした整備兵を、島の廃墟へ追いかけた帰りだと言い、

「何も残っていなかった。なけなしの戦車が一台溶け、兵が八名殺られた。この世の武器じゃない。放っときゃ全滅だった。ところが、攻撃は途中で熄み、廃墟には死体もなかった。奴は何処へ行った？」

ウェイトリイは、悪戯っぽい笑みを口もとに浮かべて、

「存じません」

「ほお」

「ただし、個人的な見解はあります。消されたのです」

「誰にだ？」

「存じません」

「H・P・ラヴクラフトに『ダンウィッチの怪』という小説がある。その中で、おまえと同姓の不気味な化物を産んだ女が、ある日忽然《こつぜん》と消えてしまうんだ。今夜と同じだ。あれは化物の父親――ヨグ＝ソトホースの仕業だな」

「何ともはや」

「おれには、アメリカ暮らしの長かった叔父がいる。彼いわく〝日本語の上手いアメリカ人は信用するな〟と」

「お休みなさい」

と毛布へ潜りこもうとする捕虜へ、

「待て。その整備兵がクトゥルーの配下なのは間違いない。だが、おれの機を狙った理由がわからん。教えろ」

「……」

「誰でも良かったのか？」

「個人的な見解ですが」

「えーい、何でも構わん。神妙に白状しろ」

「クトゥルーにとって、あなたは決定的な意味を持つ要因なのでしょう」

「何だ、そりゃ？　邪魔者って意味なら、さっさと始末すりゃよかろう。廻りくどい真似しやがって」

「いい女でしたか？」

「おお、それは——何故知ってる？」

陣外は眼を剥いた。

「想像です」

「嘘をつくな。今までの話で、急に女が出てくるものか。やはり知ってるな？　正直に話せ。でないと司令に進言して、絶対に外へ出さん。戦争が終わり次第、銃殺だ」

「戦争が——終わる」

ウェイトリイは、感慨深げに、自らの言葉を噛みしめた。

「どっちの戦争です？」

「どっちもだ」

「そんなことがあると思いますか？」

「——始まった以上、いつかは終わる。何でもそうだ」

「終らぬ生命をご存知でしょうか？」

「何だ、意味ありげな。そんな眼で見るな。ふん、クトゥルーとヨグ＝ソトホース——〈旧支配者〉とやらのことか？」

「終わらぬ生命がある限り、戦いも永劫に続きます。あなた方は、いつまでも大空に舞うでしょう。死んでも――なお」

血の気が引くのを陣外は感じた。

もう一度訊いた。

「――おれが狙われたのは、何のためだ？」

「個人的見解ですが」

「おお」

やけっぱちで叫んだ。どんな返事でも欲しかった。

「殊によったら、クトゥルーとの戦いで、大きな鍵を握るのは、あなたかも知れません」

「――何だ、それは？」

だが、ウェイトリイは、急に限りなく眠そうな顔になって、

「失礼します。よい明日を」

と伝えて、さっさとベッドへ入りこんでしまった。何となくそれ以上は深追いの出来ぬ陣外であった。


死者の葬いや海軍省他基地への連絡で大騒ぎの司令部を尻目に、零戦隊はまたも早朝から空に舞った。

昨日の出来事について、瑠璃宮は何も言わなかったが、浅黄中尉が肩を叩き、未来たちが口々に、無事で良かったですと労ってくれた。

感謝しながらも、こいつら大丈夫かという思いは拭い切れなかった。

彼らはますます痩せ、頬がこけ、血の気を失った顔の中に、血走った眼ばかりがぎらついていた。

内地なら即病院送りは間違いない。

だが、その代償が十分支払われているのは、すぐ明らかになった。

一日付き合わなかった間に、彼らの空戦技術は別人のものに変わっていた。

瑠璃宮はまず島の北三千メートルの洋上で、模擬戦を行った。

若手たちは、あっさりと陣外の後ろを取って、実弾を射ち込んで来た。

当たれば落ちる。そして、

――こいつら、本気で落とすつもりだ。

戦慄が陣外を昂らせた。

飛行機乗りの性癖である。

――よし、来い。こっちも容赦せん。

でなければ、撃墜されてしまう。


何とかやり過ごして後ろを取った。

「くたばれ」

二〇ミリと七・七ミリの火線が零戦に吸いこまれていく。

「――ん?」

落ちない。

――おれのは、空砲か!?

愕然となった瞬間、風防の右横を曳光弾《えいこうだん》が流れ過ぎた。

向こうは容赦しない。相手が陣外だという安心感もあるのだろう。

おぞけが全身を震わせた。足下から熱いものがせり上がってくる。初めての感覚だった。

思いきり、左へずれた。

弾丸は追って来た。

後ろを見た。

「うわ!?」

恐怖に縛られた声が出た。瑠璃宮の機であった。

ふり切れない!?

――味方にやられるか!?

後頭部に衝撃が来た。風防のガラスがとび廻る。

――死ぬ
意識した刹那、全身を灼熱が包んだ。

飛ぶと決めた瞬間から、空で死ぬのは覚悟の上だ。だが、こんな死に方はご免だ。死んでも、だ。

この瞬間、陣外の深奥《しんおう》で何かが眼醒めた。

人体はひとつの宇宙だと言われる。

その中心に残存していた未知の可能性が、三十三年遅れて灼熱の花が開いた。

手足が意志を無視した。


陣外は垂直に落ちていった。瑠璃宮の機は寸分も遅れずついて来る。

海面が迫って来た。

一〇〇メートルもない。

操縦桿とスロットルが、陣外の理解を超えた動きを示した。


戻って来た零戦から、ひとりだけ出て来なかった。

「陣外さん!?」

外谷がよじ上って、半分吹きとばされた血まみれの風防を開いた。

陣外はすぐ医療室へ運ばれた。

後藤軍医は、瞳孔を調べ、脈を取ってすぐ、死亡を宣言した。

死体は病室のベッドに移され、笹と勝俣も駆けつけた。

原因を問う笹に、後藤は後頭部から脳内に侵入した七・七ミリ機銃弾と全身への負荷だと告げた。

「負荷？」

「そうです。見て下さい。身体全体が右へねじれています。眼球も鼻も唇も歯列も頭骨も背骨もです。恐らく内臓すべてがそうでしょう。そうして機能停止に陥ったとしか考えられません。司令、前から気になっておりましたが、うちの搭乗員は、一体どのような訓練を受けているのでありますか？」

軍医は凄まじい眼差しをかたわらの瑠璃宮へ向けた。

「クトゥルーと戦うためには、人間であってはならぬと言ったそうだな。これがその結果かね？」

怒りを押し殺した声に、

「そのとおりです」

と伝説の搭乗員が応じた。

「結果はやはり、彼でした」

「どういう意味だね？」

「……」

「しかし、殺してしまっては——」

勝俣副司令が呻くように言った。

「死は全ての終わりではありません。明日《あした》、みな、彼の零戦の轟きを聞くでしょう」

瑠璃宮の応答に、みなまず顔を見合わせた。

陣外の死体には、本人の強い希望で未来がつくことになった。

その日の深更である。

未来は尿意を催して部屋を出た。

よく寝床でしなかったと感心するほど疲れ切っていたが、何とか用を足して、病室の前まで戻った。

窓にはカーテンが下りているが、廊下には裸電球が点っている。

何と扉が開きはじめたではないか。

数メートル足音を忍ばせて廊下を戻り、曲がり角にとびこんだ。よくこんな力が残っていたと思える敏捷《びんしょう》さであった。

瑠璃宮が現れた。

仄暗《ほのぐら》い廊下に立つ〈魔人〉の姿は、味方だという認識を通り越して不気味だった。

すぐにもうひとり出て来た。想像はついていたが、その姿を見ると、未来は失神したくなった。

陣外であった。

立ち姿を見ると、後藤軍医の言った意味が良くわかった。あの強靭な身体が、すべて右へずれている。開いた眼は死魚のそれだ。彼は死んでも歩いているのだった。

「行くぞ」

瑠璃宮が声をかけて玄関の方へ歩き出した。

陣外が後へ続く。歩き方も身体の流れと等しく、未来はめまいがした。

後をつけようとしたが、足が動かなかった。

何とか動いたのは数分後のことだ。それでも石のように重いのを、必死で玄関まで運んだとき、遠くでエンジン音が聞こえた。二機だ。

「まさか。これから――」

理由もなく、訓練だと思った。

何処からともなく戻って来た撃墜王と天才パイロットの死体が、月も見えない深夜、戦いのために飛び立とうとしている。

この世の出来事だろうか。

いや、その前に——ここはこの世なのだろうか。

瑠璃宮も陣外も外谷整備班長も朋輩《ほうばい》たちも、いや自分自身でさえ、異る世界の生きもののような気が、未来にはした。

## 2

翌日搭乗員の悲鳴が、最初の挨拶になった。

「何を驚いている？」

と尋ねる陣外の身体は、眼を凝らせば右へねじれているか程度で、壁に貼りつき、腰を抜かした連中を訝しげに眺めつつ、飛行服を着用するやさっさと出て行ってしまった。

そこへ陸兵が妙に後ろめたそうな顔で現れ、テーブルの上に担いで来た荷物を乗せた。

歓声が上がった。

郵便袋であった。

そういえば、少し前に、一式陸攻が着陸したのをみな覚えていた。そろそろ着く頃だ。

だが、訓練前にとは例がない。故郷からの便りを眼に灼きつけた搭乗員たちの集中力は、誰が考えても落ちるに決まっている。

「みな、やめておこう」

未来が、自分宛ての封書をテーブルに置いた。

異議を唱える者はおらず、

「そうしよう」

「おれもだ」

懐しさを封じた郵便物はすべて取り残された。

若き戦闘機乗りたちの心意気である。

そこへ、冷水が浴びせられた。

「読め」

と命じたのは、戸口に立つ瑠璃宮であった。

「しかし――それは」

とまどう全員へ、

「おまえらは、父や母や恋人の便りにうっとりしたまま、〈旧支配者〉と戦うつもりか？　たちまち七面鳥射ちだぞ。いいか、どんな苛酷《かこく》な状況でも、故郷の夢を見ていようと、クトゥルーは手加減などしてくれん。訓練も同じだ。今日はおれひとりでおまえたち全員を相手にする。全て実弾だ。当たれば火を吐く。血だるまになる。昨日の陣外のようにな。幸い奴は甦ったが、おまえたちはそううまく行くとは限らん。精神を鉄にしろ。弛緩した精神のまま出動し、鉄に変えて戻るのだ。訓練だからなどと欠片《かけら》でも思うと、容赦なく地獄行きだぞ。そんな奴らは最初から要らん」

そしてふたたび、読めと命じられ、彼らは手紙の封を切った。


一同が発進した後、二十分とたたぬうちに、一通の極秘緊急通信が司令部へ持たらされた。

笹司令は眼を剥いた。

「正体不明の航空部隊がポートモレスビーを攻

撃中だそうだ。クトゥルーに間違いない。ラバウルからも救援が出るだろう。訓練隊にも伝えろ」

「いよいよ、クトゥルーの一派がこちらへ侵攻して来たようですな」

勝俣の顔も声も青ざめていた。英豪部隊の東南アジアにおける本拠地ともいえるあの街が攻撃された以上、このエリラ島にも〈旧支配者〉の魔手は遠からず影を落とす。彼らを迎え撃つための戦闘部隊が駐屯しているとはいえ、まだ訓練の段階では、互角の勝負さえ期待できない。

――早すぎる

勝俣は唇を噛んだ。

攻撃開始二十数分にして、ポートモレスビーは壊滅した。理由は敵の迅速さよりも、迎撃のタイミングが大幅に遅れたためであった。

英本土から配備された救国の名機スピットファイアも、ホーカー・ハリケーンも、米から貸与されたF4F〝ワイルド・キャット〟、カーチスP40〝ウォーホーク〟、ベルP39エアコブラ等々の新鋭戦闘機群も、少数が飛び立ったのみで、大空に戦場を得ることなく火に包まれた。

理由はひとつ――敵の飛行機すべてが全身にフジツボをまといつかせながらも、味方機と同じ姿を有していたのである。

「攻撃しているのは味方機です」

悲鳴のような報告を受けて、航空基地の上層部は困惑した。

それでも、少しの遅れなら挽回は可能だったろう。だが、同じ姿の敵は、あらゆる性能面で原機を凌駕していた。

速度、旋回性能、火器――それらはすべて原機の追尾をふり切り、逃げる原機に難なく追いついた。格闘戦に移れば、原機の旋回をその半分の半径でこなし、銃火は風やGの影響を全く受けずに直線軌道を保持した。こちらの弾丸はあっさりと躱わされ、敵の攻撃は一発も狙いたがわず命中するのを眼《ま》のあたりにしたとき、全パイロットを戦慄が包んだ。

フジツボだらけのノースアメリカンB25ミッチェル怪とボーイングB17〝フライング・フォートレス〟怪は、全く抵抗を受けることなくポートモレスビーの街々に爆弾の雨を降らせた。

三十分弱の攻撃終了後、彼らは北北西へと飛び去って行った。ポートモレスビー基地の戦闘機の被害は百余機に達し、敵の損害はゼロであった。

全機が瑠璃宮機を追尾し、攻撃し、躱わされ、逃亡された。

訓練と思いつつ、手加減するつもりなど欠片《かけら》もなかった。2型照準器に捉えた瑠璃宮機へ、若鷲たちはためらいなく銃弾を射ちこんだ。

全て外れた。

すぐに彼らは瑠璃宮機の秘術の謎を解いた。たとえ百機で追い廻しても、攻撃できるのは一機に限定される。複機での攻撃は常に同志討ちの危険を伴うからだ。

そして、気がつくと、斜め後方か下方に瑠璃宮の唯一の味方――陣外の機がついているのだった。

突然、瑠璃宮機が翼を上下に二度ずつふった。訓練中止の合図だ。

さらに一度。

対クトゥルー戦闘準備。

急上昇に移った瑠璃宮機を全機が追尾する。瑠璃宮機は上空――約六千メートルに広がる雲海へ突入した。

ここに身を潜めて、索敵の上、不意討ちをかけるのだ。一撃離脱戦法と言ってもいい。

「格闘戦もいいが、時間と手間がかかる上、クトゥルー機の性能が不明だ。危険に賭けるより、確実な戦法を採れ」

そして、白い雲の中に彼らは隠れた。

陣外は雲の切れ目へ眼を凝らした。勝負の第一は、どちらが先に見つけるかにかかっている。今回は向こうの動きを承知している分、こちらが上だが、相手は〈邪神〉――〈旧支配者〉だ。神の名において何をやらかすかわかったものではない。

陣外の視力は、左右とも三・三を誇っていた。飛行機乗りになる、と決めた四歳児の頃から、白昼に星を見る訓練を続けた結果である。

エリラ基地へ来る前、大陸で何度かソ連や支那の戦闘機群をこの眼で発見したが、味方がわかってくれず歯痒《はがゆ》い思いをしたことが何度もある。

――来たぞ
瑠璃宮機の風防が開き、当人が右やや下を指さした。空気が極端に薄い六千で、じかに指示するとはいい度胸であった。富士山の約倍だ。酸素の欠乏から思考力が鈍り、搭乗員はいわゆる「六割あたま」になる。

　陣外は下方へ眼をやった。

　一二〇〇下方、三千前方から、五十機近いスピット怪やハリケーン怪、F4F怪がフジツボの鎧に身を固めてやって来る。

　こちらも進路を変え、三機編隊を組んで、奇襲の準備を整えた。

　敵機の先頭が陣外の下にさしかかった刹那、ぐん、と瑠璃宮機が降下した。

　浅黄が続き、陣外が続く。後は雪崩《なだれ》だった。

　陣外はスピット怪を狙った。英国を救った名機も、零戦相手では分が悪いとわかっているが、怪の字がつけば、全ては一からだ。

　狙いは風防と右翼のつけ根――燃料タンクだった。

　一秒間に一五〇メートル超を移動する機体に、こちらも同じ速度で突進しつつ命中させるには、視覚で捉えた射撃地点を狙っても無駄だ。弾丸が届く前に、敵は前進している。陣外は一〇メートル先を狙った。弾倉内の閃光弾が成果を教えた。

　風防が吹っとび、内部の飛行服姿が前のめりに倒れた。同時に翼が火を噴いた。

　空戦で確認できるのはそれだけだ。火を噴いた敵が落ちていくかどうかはわからない。陣外の視線は後方確認に励んでいた。

　五〇〇メートルほど降下し、上昇に移る。

「ん？」

　ぞっとした。敵の編隊は潰乱《かいらん》し、十機近くが火を噴いているにも拘わらず、落ちていく奴がいないのだ。

「タフな野郎だ」

敵性語が口を衝いた。

零戦が一機、炎上中のカーチスＰ40怪に銃撃をかけた。炎上は激しさを増したが落ちも爆発もしない。

降下に移った零戦の背後に、ハリケーン怪がついた。

火線が走る前に零戦は宙返りを行い、敵の後ろを取った。攻守逆転だ。速度、格闘能力、武装――あらゆる点でスピットファイアに劣るハリケーンに、逃げ道はないと思われた。

零戦の火線が自らとハリケーン怪をつないだ。

――!?

ハリケーン怪もまた宙返りで逃がれた。その旋回半径は零戦よりも小さかった。

ポートモレスビーの戦闘機を葬ってきたあり得ぬ格闘性能であった。

零戦の運命も同じか。

だが、零戦の機体は大きく右へ旋回すると同時に急降下に移った。ハリケーン怪も追いすがる。

その結果を見極める余裕は陣外になかった。左右後方から敵の気配を感じたのだ。

大空での乱戦に陥った場合、パイロットはあらゆる方角に眼配りをする必要がある。後方、下方――敵は必ずこの死角を衝いてくるからだ。肉眼ではほぼ不可能なこの警戒と索敵を可能にするのは、歴戦で磨き抜いた勘以外にないのだった。

右がＦ４Ｆ怪、下がＰ40怪――零戦にとっては一対三でも怖るるに足らぬ相手だ。だが、ただの劣機ではないことを、陣外はすでに目撃していた。

これはクトゥルーが造った最新鋭機なのだ。

左から一二・七ミリ機関銃が襲った。最も嫌な武器である。七・七ミリは弾速は早いがパワー不足、二〇ミリ機関砲は弾数《たまかず》百二十五発と少く、重い弾丸《たま》は既述のごとくGと風に押されて命中弾とはなりにくい。現に二〇ミリ機関砲搭載の話を聞いた初期の搭乗員は、七・七ミリで十分とひとり残らず反対の声を上げている。七・七ミリに劣らぬ発射速度と倍以上の破壊力を誇る一二・七ミリ機銃を多数搭載した米軍機は、ひそかな羨望《せんぼう》の的なのであった。

一機が攻撃専用で、残る一機は護衛役——攻撃をかけて来ない。

陣外は急降下に移った。

風防が揺れ、その音が風と混ざって鼓膜《こまく》を激しく打つ。ぐんぐん海面が迫って来ても、敵は離れない。

——そうか、あいつら、海の中から来たのか⁉

閃いた。なら、自爆しても故郷への回帰になるばかりだ。恐らく、あの島の奇怪な変身魚人の仲間たる搭乗員は海中で生き延び、別の怪機とともにまたも大空へと駆け昇って来るに違いない。

大空で斃す。それしかない。

急降下しながらも、陣外は巧みに機を横滑りさせて攻撃を躱わしていた。

距離は狭《せば》まりつつあった。F4F怪とP40怪の方が速いのだ。

——クトゥルー製か

これならポートモレスビーの米英航空隊も敵《かな》うまい。

——だが、おれたちは違うぞ
炎の自負が胸を灼いた。

高度五〇〇で、陣外はあれを使った。

敵機が左方を追い越していった。飛行帽を被った両生類は、それでもあわてている風に見えた。

凄まじいGが陣外の身体と機体を左へねじ曲げていく。心臓がまたつぶれそうだ。

今回も保《も》った。

上昇に移る寸前、海面に二つの水しぶきが上がった。その前に、陣外の二〇ミリは敵の風防と搭乗員を破壊してのけた。

### 3

歪《ゆが》みは戦場に駆けつける前に修整された。昨夜の特訓の成果だろう。

上空のボーイングB17怪がまず眼に入った。

誰も食らいついていない。残機とB25〝ミッチェル〟怪も全機火を噴きながら飛行を続けている。順調に行けば、あと十分足らずでエリラ島上空だ。ミッチェル怪搭載料一・三四トン、B17怪五・五六トンの爆弾が降り注げば、各一機分だけで、エリラ基地は地上から姿を消してしまうだろう。

「そうはさせんぞ」

陣外はB17怪の上に出た。下方の死角から攻撃も可能だが、機体を射ってもすぐには効くまい。青い舞台に白雲が散りばめられ、その彼方《かなた》で入り乱れる敵味方の影がせわしない。

　周囲をおびただしい火線が流れた。B17怪の旋回機銃だ。

　躱わそうとは思わなかった。当たらないという自信があった。一度死んでから瑠璃宮中佐の訓練を受けて、おれは変わったようだ。

　B17怪の前方五〇〇で反転した。高度は五五〇〇。垂直に近い角度で操縦席へ二〇ミリを叩き込むつもりだった。敵戦闘機専門だった頃は、無用の長物と忌避された機関砲も、防弾が行き届いた爆撃機相手にはすこぶる役に立つ。

　高度を下げようとした瞬間、左手から零戦がやや浅い角度で突っこんで来た。


「——未来か!?」

　と思ったときにはもう、二〇〇メートルも降下中だ。B17怪の操縦席の防弾ガラスが霧のように四散する。

　——同じことを考えていたか。

　よくやったと声をかけてやりたかった。

　すぐに陣外は眼を剥いた。

　落ちない。パイロットは射殺され、操縦機器もダメージを受けたはずのフジツボ爆撃機は、十三挺の一二・七ミリを射ちまくりながら、前と変わらずエリラ島をめざして飛んで行く。

　——パイロットを殺っても駄目か——なら。

　陣外は素早く、降下に移った。

　機体が揺れた。何処かに一二・七ミリを食らったのだ。

幸い煙は出ず、メーター類にも異常はない。

「上が駄目なら下からだ」

「仰っしゃるとおりです」

確かに耳元で聞こえた。

陣外はふり向かなかった。

――こんなところにも出るのか
白い女の面影が瞼の奥に揺れていた。

それも一瞬――B17怪の底部が七〇メートルほど前方に見えた。

陣外は四角いくびれを探した。

あった。

爆弾投下口だ。

左右を火矢がかすめていく。気にもならなかった。

「ここで使って行け！」


二〇ミリ二門、七・七ミリ二挺、四すじの火線がくびれとその周囲に吸いこまれた。

機体をかすめて急上昇に移る。

ふり向いた。

悠々と飛んでいる。

「糞――駄目か!?」

歯ぎしりをした。B17怪は視界から消えた。

その位置から炎の塊《かたまり》が湧き上がった。

「やった!?」

〈邪神〉仕様の巨大爆撃機も、その体内で炸裂した五五〇〇キロ分の爆弾には耐え切れなかったらしい。

前後左右を火矢が流れた。

「よっしゃ」

迎え撃とうと操縦桿を引いたとき、奇妙な爆撃機どもに、下方から追っていく零戦の姿が見えた。

帰投してすぐ、陣外は味方機を調べた。

一機だけ戻らなかった。

未来である。

「誰か、最後に未来機を見たものはいるか？」

浅黄隊長の問いに、大海三飛曹が答えた。

「自分が見たときは、ミッチェルの下腹に機銃を掃射しておりました」

その後は見た者がいない。

集まって来た整備員たちの中から、

「落とされたのでありますか？」

悲痛の極みともいうべき声が上がった。外谷整備班長であった。彼が最年少の搭乗員を弟のように愛でていたことを、陣外は知っていた。

「そうとは決まっておらん。一機か二機、帰投が遅れる――よくあることだ」

浅黄が強い口調で応じたが、豪胆無比《ごうたんむひ》な整備班長の不安を払拭することは出来なかった。

「整備班は未来三飛曹が戻られるまで待機いたします」

彼は笹司令に告げた。

笹はうなずいた。

「ご苦労だが――頼む」

敬礼をひとつして、彼は車へ戻りはじめた。聞こえないところまで来ると、かたわらの勝俣へ、

「これからだな？」

と訊いた。

「はっ」

「彼らが飛び立つたびに、帰らぬ機体が増えて行く——そうだな？」

「……」

「若い連中はみな、わしの倅より年下だ。勝俣」

「はっ」

「我々は一体、何をしておるんだ？」

「わかりかねます」

夕暮れが濃くなった。

滑走路を前に佇む外谷のそばに、陣外がやって来た。

「おれが矢島の糞にひと泡吹かせられたときも、こんなに心配したか？」

「勿論であります」

「それはどうも」

「いえ、よくあることなのはわかってます。ただ、そろそろ燃料も切れる頃です」

「そういやそうだな」

「心配にならんのですか？」

「よくあることだ」

「そうお思いでしたら、こんな時間に、こんなところへ来ませんて。ほれ」

外谷は搭乗員控室の方を見た。陣外は滑走路の方を向いたままである。何が起きたのかはわかっていた。

搭乗員たちがひとり残らず表へ出て来たのだ。みなひとことも発しなかった。必要なのは言葉ではなかったのだ。

みな眼を凝らし、耳を澄ませていた。夕焼けの彼方の小さな翼は、おれがいちばん先に見つけるぞ。栄エンジンの響きは、おれが真っ先に聞きつける。

「今日の空戦は互角だった」

と陣外は言った。

「爆撃機は残らず落としたが、戦闘機はおれの二機だけだった。だが、あいつらは幾らでも補充が利く。一機でもやられたら、おれたちの負けだ。それが我慢できんのだ。だから、帰ってくるのを待ってる。それだけだ」

「失礼ですが、大尉どのは副長なのに、大嘘つきであります」

「そうかね」

「そうですとも。ご自分に嘘をついてはいけません」

陣外は反論を抑えて、

「なら、おまえは何故待ってる？　あいつらは？」

陣外は格納庫の方へ眼をやった。

整備兵が全員立って、滑走路の果てを見つめていた。

帰って来たら、おれがいのいちばんに駆けつけて、何もかも直してやる。

誰の眼もそう言っていた。

陣外はくり返した。

「おまえは何故、待ってる？」

「あの若いの――眼のあたりが弟に似てるのであります」

「ありますは、よせ」

「似てるんです」

「よし。顔の割りに涙もろいな」

「顔のところは取り消して下さい」

「やだね」

そのとき、

「みな、部屋へ戻れ」

低いが背骨を鉤爪《かぎづめ》で裂くような瑠璃宮の声が一同をすくませた。

「明日の訓練に差しつかえる。全員、休め」

「ですが――」

浅黄が異議を唱えた。瑠璃宮はこう返した。

「今日までの訓練をもってしても、クトゥルー側とは互角――つまり相討ちだ。負けと同じだ」

氷の矢に貫かれたように、男たちは沈黙した。

「敵は明日、搭乗員、機体ともさらに進歩して襲いかかって来るだろう。世界はクトゥルー戦に備えて様々な戦法を考え、新兵器を製造してはいるものの、勝敗の鍵を握る大空で、奴らと比肩《ひけん》し得る航空兵力は、おまえたちしかおらん。今のおまえたちは並みの兵士一師団より、おまえたちの機は長門型戦艦一隻よりも貴重なのだ。今や世界の何処にも、人間の操る飛行機でおまえたちを凌ぐものはない。だが、クトゥルー軍は〈神〉に支えられている。なお人間のレベルに留まるおまえたちの手で〈神〉の軍隊と戦えば、次からは必ず大空に散華《さんげ》する者が出るだろう。来たるべきクトゥルー殲滅の日に備えて、ひとりでも減らさずにおくためには、それまでの一日一日に生き残らなくてはならん。昨日よりも疲労した身体で空に舞うなど、自裁《じさい》に等しい。おまえたちは皇国《こうこく》にのみではない、この世界にこの星に勝利を持たらさねばならんのだ。戻って休め」

　ひと呼吸置いて、

「みな戻れ」

　と浅黄が命じるや、人垣はみるみる崩れはじめた。陣外は瑠璃宮の前へ来て言った。

「中佐殿、自分はもう少し待ちたくあります」

　瑠璃宮は光る眼で睨みつけるように凝視してから、

「よかろう」

　と言った。

「自分もお願いいたします」

　外谷が敬礼したが、

「ならん。戻れ」

　で終わりだった。


　ひと気の絶えた滑走路前で、ひとり待つ陣外の肩を誰かが叩いた。瑠璃宮であった。

「そろそろ燃料切れだな」

「気になりますか？」

「嫌みったらしいことを言うな。おれの生徒だぞ」

「そのせいで狙われたのではありませんか」

「おい」

「失礼いたしました」

　陣外は兵舎の方をふり返った。明かりは洩れていない。

「みな、寝ましたね」

「起きてるさ。寝床の上で耳を澄ませている」

「どうして、自分だけ許して下さったのです

「おまえは特別だからだ」

「はあ」

「迷惑か？」

「はい、少々」

何となく、瑠璃宮が笑ったような気がした。

「正直、おれも戻って来るべきではなかったのかも知れん」

「そんなこと仰らないで下さい。中佐殿のおかげで、自分たちは最高の搭乗員になれました」

「ふん」

「もしも、クトゥルーとの戦いが終わったら、我々はどうなるのでしょうか？」

「終わらんよ。おまえは戦争がいつか終わると思うのか？」


「それは——いつかは」

「そして、またはじまる。終わりとは夢だ。だから、おれも帰って来れた」

「この世も夢ですか？　クトゥルーも、対米戦争も、自分たちも？」

「かも知れん」

「それじゃ、お手上げです」

陣外は両手を打ち合わせた。

「アザトホースという〈旧支配者〉を知っているか？」

「名前だけです。ラヴクラフトの作品に本格的に登場するところまでは行ってません」

「この宇宙の究極の混沌の中で眠りについている、〈邪神〉どもの総大将だそうだ。その眠りは、奇怪で奇形のフルート吹きどもの調べで維持されているか？」

れているという」

「そいつが諸悪の根源だと聞いた覚えがあります」

「――というのは、ラヴクラフトではなく、その弟子というか文通相手で、師匠の顔を一度も見たことがないくせに彼のために出版社を作ってしまったオーガスト・ダーレスの唱えた説だ。彼は〈クトゥルー神話〉普及のために、ラヴクラフトの小説に出て来る神々を善と悪二神論によって分類し、その悪の軍団のトップにアザトホースを据えた。一説によると、この宇宙の全てが、アザトホースの見る夢に過ぎないともいわれる」

「与太話――とも言えませんね」

「いや、与太話だ。しかし、クトゥルーが存在する以上、可能性はある」

笑いがこみ上げて来た。陣外は微笑した。ひどく苦い笑みであった。

「クトゥルー、ヨグ＝ソトホース、シュブ＝ニグラス、ツァトウグア、そして、アザトホース――自分たちの戦いに終わりはないらしいですな」

「夢だと思え。そうすれば腹も立つまい」

瑠璃宮の声にも苦いものが含まれていた。陣外は肩をすくめた。

「――何にせよ、我々に未来はないわけですか」

「……」

ふと陣外はここにいるのが自分たちだけではないような気がした。

もうひとり、いる。

未来の帰りを待ちわびている者が。

肩に手が置かれた。たおやかな女の手が。

「いや」

と陣外は言った。

「まだ、あります!!」

立ち上がり、滑走路の果てを見つめた。

夕焼けはもはや夕闇と化していた。

だが、青い青いその彼方から——

「聞こえませんか。聞こえる。おい、みんな出て来い。帰って来たぞ！」

陣外は走り出した。

背後の兵舎から人影が溢れた。後につづく足音とどよめきを背に、陣外は右手をふり廻した。

いまや、機影もはっきりと見えた。

右に左に大きくぶれながら、必死にそれを調整しつつ、基地へと向かって来る。周囲がかがやいた。夜間発着用のライトが滑走路を浮き上がらせたのだ。

「未来、こっちだ。ここだ」

つまずいて倒れた。

すぐに抱き起こされた。

外谷整備班長であった。

「帰って来ましたぞ、未来《みき》が。帰って来ましたぞ」

外谷の声がよく聞こえない、と思ったら、彼は泣いているのだった。

追いかけて来た者たちも、そこで立ち止まった。

彼らは、あることに気づいていなかった。

戦友が帰って来ただけではなかったのだ。

未来は十八歳だった。戦いは決して終わらぬことをみなが知っていた。今日は生き、明日は死ぬ。それでも明日生きる生命が欲しい。みなそれを最年少の若者に託した。その若い生命に彼らは自分たちと――人類の未来《みらい》を重ね合わせていたのだった。

「ここだ」

「こっちだ」

みな手をふりつづけた。

引込脚が出て、それが地上に触れたとき、みな息を呑んだ。機体が大きく前へのめったのだ。

だが、前進するにつれ、持ち上がった後部は諦めたように元に戻り、やがて前進が止まった。全員が歓声を上げて押し寄せた。

機体は被弾孔だらけだった。陣外と外谷が翼にとび上がると同時に、上半分が吹きとんだ風防が開いた。

血と油《オイル》にまみれた操縦室の中で、同じ状態の若い顔が微笑を浮かべて敬礼を送って来た。

「――未来、帰りました」

陣外はうなずくしか出来なかった。外谷が大声で泣きはじめた。殺しても死なないと恐れられた巨漢が、子供のように泣きじゃくりながら言った。

「もうええ、もうええ、飛行機になんか乗るな。戦争もせんでええ、おまえは何処かに隠れとれ。せっかく帰って来たんじゃないか」

夕暮れが迫っている。しかしなお、かがやきはちっぽけな戦闘機の上に残っていた。みんなそのことを知っていた。

傷つき、血だらけになりながら、未来が帰って来たのだった。

## 第九章　〈旧支配者〉戦線

### 1

昨日の戦闘で撃墜した爆撃機はともかく、零戦隊と互角に戦い、火を噴きながら飛び去ったクトゥルー航空部隊は何処へ消えたのか——いちばんの問題はこれであった。

幾ら何でもルルイエから飛来したものではあるまい。恐らく一度目撃した巨大な飛行船状の物体——あれを空中空母と考えれば解決する。

しかし、それならそれで、母艦は何処へ消えたのか。

司令から瑠璃宮、陣外まで加えた軍議の席で、

「海中でしょう」

瑠璃宮のひとことが決着《けり》をつけた。

「空母が海中にか？」

何となく、彼のことを薄気味悪く思っている勝俣副司令が、眼を剥いた。

「空を飛ぶ空母です。海の中にいてもおかしくはありません」

「しかしだな」

ここで参謀のひとりが、

「副司令のご意見はもっともだと思いますが、相手は我々の常識の範囲内に存在するものではありません。我が基地のみならず、ガダルカナル、トラック、ラバウルの航空部隊による索敵をもって

してでも陸海空の何処にも発見できない以上、瑠璃宮中佐の仰っしゃるように、後は海中しかありません。問題はどうやって発見するかです」

「周辺海域へ爆雷攻撃をするしかあるまい」

と笹司令が重々しく言った。

「幸い、いまトラック島に〈大和〉と〈武蔵〉他、重巡と駆逐艦部隊が停泊中である。爆雷攻撃を要請しよう」

次の問題は、零戦の武装についてであった。

搭載した二〇ミリと七・七ミリでは命中しても撃墜できなかった——搭乗員たちを愕然とさせたのは、これであった。

「それこそ、爆弾を積んで体当たりするしかありません」

浅黄の言葉を、笹司令は一笑に付した。

「陛下よりお預かりした大事な兵と飛行機を、そんな莫迦な戦術で失くしてたまるものか。悪い冗談はやめろ」

「では——新しい武器を搭載するしかありません」

勝俣が唇をへの字に曲げて、

「目下、それは不可能だ。航空機自体を新しく製造しなくてはならん」

「その件について——大いに役立つと思える人物を呼んである。入れ」

笹がドアの脇に立つ将校にうなずいてみせた。

入って来たのは、エリオット・ウェイトリイであった。

「いまだ信頼のおけぬ男だが、彼の技術によって零戦が生まれ変わったのは事実だ。昨日の空戦の件は話してある。その武装に関してもよい知恵があるのではないかね？」

勝俣は眼を剥いたが、笹は意に介さず、

「どうだね？」

と訊いた。

この辺は貫禄である。

「敵はクトゥルーの防禦能力を備えている。人間の武器では落とせません」

ウェイトリイは、あっさりと口にした。

「いい手があるかね？」

「彼らと同じ仕様の武器を備えるしか」

「それを手に入れるには、どうすればいい？」

「クトゥルーに交渉する――のは無理でしょうから、代理人を通すしかありません。その戦闘機をこしらえた連中です」

「クトゥルーが作ったんじゃないのか？」

勝俣が眼を光らせた。

「曲がりなりにも、この星を支配したことのある存在ですよ。人間の使う武器など考えたこともありません。あれを作ったのは、人間――『ダゴン秘密教団』の信者たちです」

「海の中でか？」

浅黄が眼を丸くした。

「イエス。ルルイエの内部でしょう」

「そんな設備があるのか？」

笹の問いに勝俣と参謀たちがうなずいた。

「ルルイエの内部がどのような構造か、知っている者はおりません。恐らく、飛行機や艦船を製造した連中もそうでしょう。しかし、少なくとも製造工場を稼働させるのは成功したようです」

別の参謀が、さっぱりわからないと苦笑で示しながら、

「すると何かね、そのクトゥルーとやらの住いには、鉄工所や造船所どころか航空機の組立て工場や発動機や部品の製造工場まで完備しているというわけか？」

ウェイトリイはうなずいた。

「武器の製造工場もです。スイスのエリコン社や、うちのブローニングのような。日本では三菱でしょうか」

「クトゥルーの信者とやらに、そんなことが出来るのか？」

浅見であった。

「『ダゴン秘密教団』には、あらゆる職種のメンバーが含まれています。技術者も多いでしょう。ですが、戦争用の兵器となると、これはクトゥルーに付随する超古代の〈神〉の技術を、ほんの一部利用したに過ぎないと思います」

「〈神〉の技術」

誰が口にしたのかわからない。誰かのひとことであった。それこそ神の宣託《せんたく》を耳にした信者のごとく、一同は沈黙した。

再開したのは笹であった。

「その――ルルイエとやらには、そんな凄まじい技術が山ほど隠されているのかね？　しかも、我々人間でさえ応用可能な？」

「間違いありません。多分、戦争用兵器の生産というのは、その全体からすれば、大山脈の麓《ふもと》に転がる石塊《いしくれ》のひとつ程度。それも、ようやく人間が理解し、自らのレベルで利用し得るだけのものに

過ぎません。神は宇宙を造りました。我々にも太陽や海、動植物――そして、知能。様々なものをくれましたが、宇宙の創造法やその意図は、与えられた知能をふり絞っても永劫《えいごう》に解明は不可能でしょう。我々がこれまで、そして、今に至るも何とかクトゥルー相手に闘っていられるのは、彼が眠りについているからに過ぎません」

「クトゥルーの兵器が欲しい」

と笹は言った。険しい雰囲気にならなかったのは、勝俣たちも内心そう考えたからだろう。

「どうすれば、手に入る？」

「すでに、一九二七年にアメリカ政府が〈インスマス〉を襲い、〈ウォーター街〉と〈中央通り〉にはさまれた川の北沿いに並ぶ家々から、〈深きものたち〉が運び込んだ海底の品々を奪い取り、政府直属の研究機関で極秘に調査を進めています。今大戦の開始時には、量産体制の寸前まで至っておりました。恐らく、待つほどもなく配備されると思います」

「アメリカの――敵国の開発した兵器で敵を討てというわけか」

勝俣が吐き捨てた。

「この場合、アメリカは頼りになる味方です」

陣外は思わず口に出した。

「我々の戦いは相撲や柔とは違います。敗れれば死あるのみ。どのような出自の武器だろうと、これまで落とせなかった敵機を撃墜できるなら、喜んで使用いたします」

「おい」

勝俣が激昂を隠さず立ち上がった。

「よさんか——彼の言うとおりだ」

笹が止めたが、副司令の怒りは止まらなかった。

「貴様——帝国軍人としての誇りは——」

「お言葉ですが」

迎え討ったのは、陣外ではなかった。

「誇りや大和魂《やまとだましい》では、邪神には勝てません。次の戦闘からは我が方に多大な損害が出るとご了解願います」

「貴様——何のために帰って来たのだ？」

「優れた搭乗員の育成です。しかし、武器までは如何ともし難くあります」

勝俣は歯を食いしばった。激怒が顔を赤黒く染めた。

このとき——サイレンが鳴り響いた。

「何事だ？」

壁の電話が鳴った。近くの下士官がとびつき、

「どうした!?」

と訊いた。

すぐに笹の方を向いて、

「米軍機襲来——一機のみ」

「一機!?」

立ち上がった全員が毒気を抜かれて、半ば口を開けた。

受話器をなお耳に当てていた下士官が、

「輸送機であります。米本土より対クトゥルー戦用の兵器を運んで来たと、大本営から連絡ありとのことです」

「おお!?」

これまでの議論を思い出し、参加者の表情に驚きと——期待が広がった。ちょっと形は違うが、

願ったり叶ったりだ。

瑠璃宮がウェイトリイに、

「今の話のあれか？」

「間違いありません」

「浅黄——念のため迎えを出せ」

はっ、と応じて浅黄は笹の方を見た。何と言っても司令同席だ。

笹はうなずいた。

## 2

陣外、浅黄、瑠璃宮の順で司令部を出た。サイドカーが止まっている。司令部が気を利かせたものだろう。一台きりだ。

陣外が運転手に、

「下りろ」

と命じた。

「え？　しかし」

「数が足りないんだ。自転車は何処にある？」

「そちらに」

門の方を指さした。陣外は瑠璃宮と浅黄へ、

「自分はそれで行きます。お二人はこれで」

「え、いや」

とあわてる運転手を無理矢理下ろし、浅黄がバイクに乗った。

「お前が乗れ」

と瑠璃宮が陣外に命じた。

「え？　しかし」

「この際、上官もへちまもない。何機出してもい

いが、一機にはおまえが乗れ――いいな、浅黄」

さすがに順序を乱さない。航空隊の隊長は浅黄なのだ。浅黄も、この得体の知れない伝説の主には、不気味さの万倍も一目置いているから、

「了解」

と敬礼を送った。

走り去るサイドカーを見送ってすぐ、瑠璃宮は門のそばの駐輪場へ向かった。何台も止めてある。飛行場までさしたる距離ではない。車より自転車を愛用する士官も多かった。

一台選んでまたがり――後ろを見た。

さっきの運転手と陸兵が二、三人、あわてて直立不動の形を取った。

「何を見ている？」

「いえ、、あの、はあ」

と運転手が眼を白黒させたところへ、将校が二人駆けつけて来た。ひとりは会議の席にいた参謀である。

「――何事でありますか？」

迷惑そうに訊くと、参謀が、

「いや、その、伝説の〈魔人〉が、飛行機以外に乗るのが面白くてな」

「見世物ではありません」

「いや、わかっとる――おい、おまえら何を見ている。解散せい。敵機来襲だぞ」

「はっ！」

と散開したのを見て、瑠璃宮は走り出した。門を出たところでふり向いた。みな、点々とこちらを見つめていた。

溜め息をひとつついて、瑠璃宮はペダルを踏み

込んだ。

瑠璃宮が到着する前に、陣外は四機の列機とともに蒼穹に躍っていた。

妙な気分だった。

――米軍機の護衛とはな
五千まで上昇し、西の海上へ出ると、確かに爆撃機らしい影が見えた。

「でかい」

陣外は思わずつぶやいた。

六発――六基のエンジンを搭載した超大型輸送機コンソリデーテッドT・45〝フライング・レストラン〟だ。

全長二〇〇メートル、全幅三〇〇メートル、全高三五メートル――遠目には翼を備えたビルとしか思えまい。排気タービン付き六千馬力、エンジン六基が支える一五〇トンの最大積載量は、米軍の主力戦車M4シャーマン五十輌を二万キロの彼方まで空輸可能とする。――噂では聞いていたが、アメちゃん、大変な代物を持ってるな。あれじゃ、うちの滑走路ぎりぎりだぞ。

こんな化物みたいな輸送機を作る国なんかと戦って、勝てるはずがない、と思った。ま、とりあえず、今は味方だ。

「ん?」

いつの間にか、銀白色の筋が一本、ビルみたいな輸送機を下から貫いていた。

串刺しだ。

それが勢いよく引き抜かれたとき、T・45は大きく右に傾いて下降に移った。

五千メートルの距離を昇って来たものは、四千メートルほどのところで何度か輪を作り、鞭のようにしなった。

もう一度襲うつもりだったに違いない。

高度三千——急降下してきた零戦の二〇ミリ機関砲がそれ——触手と呼んでいいだろう——を射ち切った。二つの触手は痙攣しながら落ちて行った。

「島村——良くやった」

陣外はマイクをやや遠去けて、

「蓮台寺と神戸は輸送機を追え。保《も》たなければ、出来るだけ海岸線近くまで誘導しろ。藤崎はおれと海上監視だ。千まで降りるぞ」

空電がひどかったが、みな従った。

「藤崎です。今のは何ですか？」

「誰かの手か足だろ」

「しかし——五千メートルですよ」

「一万メートルでも届くだろう。ひょっとしたら、月までもな」

陣外は下を覗いた。

〝レストラン〟は島の沖合い——五〇〇メートルほどのところに着水していた。何とか浮いている。串刺しの犠牲者にしては大したものだった。碧い水面に油膜が夜会服《ドレス》のように広がっている。すぐに基地から監視艇が駆けつけるだろう。


頭上を旋回する零戦隊に手をふってから、月島軍曹は巨大な不時着者に眼を向けた。翼さえなければ豪華客船と見まごうばかりだ。

翼の上に気密服姿の米兵が四名ばかり乗って、こちらへ手をふっている。

「油断するな」

マイクに向かって叫んだ。米兵にではない。ここは水の上なのだ。荷物運搬用のタグボート二隻は、大分遅れている。専用の護衛は最後尾の監視艇だ。

不意に大きく揺れた。

甲板上で五センチ砲を構えていた兵士が鉄架にすがりつき、残りは、端から端まで吹っとんだ。

「水中だ！」

月島は叫んだ
「これから毒を撒く。田西――後ろに伝えろ！」

部下のひとりが煙幕の方へこけつまろびつするのを確認してから、月島は転がっている兵士に、

「桜田、ロープを切れ！」

と叫んだ。

舷側にはロープが張ってある。兵士が銃剣でそれを切り離すや、船底につないである袋の口が開いた。軍医が調合した毒薬は、水を赤く染めた。

たちまち揺れは収まった。輸送機まで一〇〇メートルもない。

だしぬけに水中から青緑の影が、翼上の米兵たちに襲いかかった。抱きついて水中へ落ちた。途中で血の霧が上がった。飛びかかった奴らは、水掻きと背鰭《せびれ》を備えていた。

月島は絶叫した。

「野郎、何しやがる!?　機銃――射て！」

新しい魚人どもが海中から翼へ跳ね上がった

ところで、軽機が唸った。

　青黒い血しぶきを撒き散らしながら、次々に倒れ、海中へ落ちていく。

　機体に監視艇を横付けして、月島は操舵室から出た。

「桜田、毒を撒き続けろ。後はついて来い。荷物を確保するぞ」

　兵士から軽機を奪い取って、翼の上の死骸と水中へ乱射する。

「化物ども、海を汚しやがって。くたばれ」

　絶叫の理由は、月島の出自にあった。五島列島の小さな島で生まれた彼の家は代々の漁師だった。幼い頃に潜った青い世界の静謐《せいひつ》さと美しさは、月島の一生を決めた。十五歳の頃には近隣の島々でも並ぶ者のない漁の達人と謳《うた》われ、娘を貰ってくれとの声が、ひきも切らなかった。独身で通したのは、人間の女より水の中の方が余程美しかったからである。

　水の中では鮫でも華麗に見えた。

　エリラ島の海も月島は気に入った。それなのに、いま、青黒い血を吐く魚と人間の混血どもが、その海を汚そうとしている。

　海を汚す奴は八つ裂きにしてやる！

「富沢、ここを見張れ！」

　と、これも軽機を抱えた部下に命じて、月島は他の兵ともども機内へとびこんだ。

　富沢二等兵は海中を見つめた。澄んだ水は言いようのない色彩に変わっていた。奴らの血のせいだ。

　やって来た方角で銃声が聞こえた。

二隻のボートが大きく左右に揺れている。乗員と背後の監視艇が水中へ射撃を開始したのだった。

「毒を撒け！」

と叫んだ瞬間、翼の前後から跳ね上がったものがある。

蛙そっくりの頭部、鱗で覆われた青緑の身体、首すじでせわしなく開閉を続ける鰓。そして、鋭い鉤爪とその間に張られた水掻き。

基地を襲った奴らだ。だが、顔や身体の前面に貼りつけられた石板のようなものは何だ？

「くたばれ、化物」

軽機が弾丸をばら撒く。石板がそれを弾いた。

「——装甲か!?」

富沢はよろめいた。跳弾を下腹に食らったのだ。うずくまりながらも銃口を向けて射った。全て空しく跳ね返った。

「糞お——」

駄目かと思った。こいつらが機内へ入ったら、月島軍曹たちも手の打ちようがあるまい。食い止めなくては。持ち上げようとした軽機が、成す術もなく指の間から滑り落ちた。

——いかん……

伏せた顔の横で気配が動いた。

聞きなれない音が連続した。銃声だ。必死で顔を上げた。

昇降口の前に、月島が仁王立ちになっていた。米軍のものらしい火器を腰だめにしている。

その前方で、魚人どもは万才の格好を取ったまま、水中へ落ちていった。

そいつらの背後に別の化物がいた。月島の火器が唸った。軽機の弾丸を苦もなく跳ね返した石の鎧は、たちまち四散し、そいつらは、人とも蛙ともつかぬ苦鳴を噴き上げて、水中に没していった。

数秒で決着はついた。

「富沢、しっかりしろ！」

兵士たちが抱き起こしてくれた。

「安心しろ。すぐ送ってやる」

月島軍曹の声は、自信に満ちていた。硝煙を噴き上げる武器のせいだろう。

「軍曹殿——それは？」

「しゃべるな。アメリカのクトゥルー用の武器だ。トンプソンとかいう機銃だが、鉄も弾丸も特注らしい。生き残りの兵隊が教えてくれた。これで勝てるぞ」

歓喜の声に、近づいてくるボートの発動音が混じって聞こえた。

## 3

〝レストラン〟から運びだされた品は、

二〇ミリ機関砲　百門
七・七ミリ機関銃　百挺
　各弾丸　五百万発
五五ミリロケット弾　十万発
　その発射装置　千基
四五〇ミリ魚雷　一万本
二五〇キロ爆弾　陸用千発、艦船用千発
五百キロ爆弾　千発

MK25機雷　千発
バズーカ砲　百門
　弾丸　一万発
火炎放射器　五十基
　燃料　十万リットル
M1ガーランド小銃　五百挺
　弾丸　十万発
トンプソン短機関銃　五百挺
コルトM1911A1軍用拳銃　千挺
　弾丸十万発（トンプソン短機関銃、コルトM1911A1分合わせて）

以上であった。武器の名称その他は送り状に記されていたが、細かい部分はウェイトリイが協力した。この途方もない量を温存すべく、基地ではまず急ごしらえのテントを張り、丸一日で弾薬庫を完成させた。陸揚げには島のボートなどでは間に合わず、ラバウルから輸送船が五隻徴集された。

驚くべきことに、機関砲、機関銃及び魚雷と爆弾は、すべて日本軍仕様に仕上げてあり、装備変換に何の不都合も生じなかった。その工業力に、誰もが、

「何という国だ」

と額に汗を結んだが、笹司令は

「中々、気のつく国だな」

と発言し、参謀たちの眼を剥かせた。

これだけの量の運搬は当然困難を極めた。〝レストラン〟には浮き輪をくくりつけて沈没を防ぎ、〈深き者たち〉の侵攻に備えて海水には毒薬が注入され、零戦が頭上から警備する騒ぎとなった。

この物資の中で、まず役に立ったのがＭＫ25機雷であった。笹司令は作戦参謀たちの意見を入れて、まず作業海域の周囲に安全距離を置いてそれを設置し、〈深き者たち〉の襲来に備えたのである。

はたして当日の深夜、四度の爆発が生じ、翌日、奴らの手足や肉片が海岸に打ち上げられて以降、陸揚げはスムーズに行われた。全てが完了した三日後、浮きを切り離された〝レストラン〟は静かに洋上に没し、日本兵たちは敬礼をもってこれを見送った。生命を落とした乗員たちの亡骸は、笹司令も参加の上、島の一角に手厚く葬られたのである。

陸揚げされるごとに、試射が行われた。

結果は、見学者全員の眉をひそませるものであった。

航空隊にとって最も重要な二〇ミリ機関砲弾と七・七ミリ機関銃弾と魚雷、爆弾の威力は、基地にある品と少しも変わらなかったのである。

「鬼畜米英――皇国を舐めおるか」

呆然の次に激怒の発作に襲われた参謀たちをなだめたのは、瑠璃宮とウェイトリイであった。

彼らは砲弾と弾丸を手に取り、その表面に記された奇怪な図形を愛しげに撫でた。

「メネ・メネ・テケル・ウパルシン……これでよろしいのです」

とウェイトリイは満足そうに笑い、

「この弾丸には特別の処理が施されています。そのために、銃も一緒に運ばれたのです」

と瑠璃宮は言った。

その言葉を裏付けるように、基地にある予備の二〇ミリ機関砲も七・七ミリ機銃も、新しい弾丸を発射するや、十発と保たずに作動不良を起こし、二度と使用不能の憂き目を見たのである。

「一体全体、何事だ？　クトゥルーの呪いでもかかっておるのか？」

　血管を浮き立たせた勝俣副司令の叫びに、ウェイトリイは、

「逆ですな。これはアンチ・クトゥルーの呪いと言うべきです。〈旧支配者〉を討つための弾丸は、〈別の神〉の弾丸です。人間の武器では発射できません」

「ふざけたことを抜かすな、この裏切り者めが！」

　いきなり十四年式に手をかけたのを、別の銃声が止めた。

「あちっ!?」

頬を押さえて勝俣は横へとんだ。

　全員の視線を浴びたのは、トンプソン短機関銃を構えた瑠璃宮であった。一連射《れんしゃ》で排莢《エジェクト》された灼熱の空薬莢がすぐ脇の勝俣に降り注いだのだ。

「な……」

　勝俣の激昂が自分に向かう前に、

「これはいい。重いが反動が少ないし、うちの軽機より弾速《たまあし》が速い。拳銃弾か？」

「そうです」

　ウェイトリイは大きくうなずいた。

「弾丸が切れたら拳銃弾を込めればいいか。便利な銃だな。我が軍の百式短機と南部博士の短銃は同じ短銃弾を使用出来るが、こんなに速くは射てん。しかも八ミリと四五口径では威力が違う。ち

いと重いが、これは使えますぞ、副司令殿」

「莫迦を言うな。我が皇軍が鬼畜どもの武器を使えるか？」

「少くとも、二〇ミリと七・七ミリなら、敵は落とせると思います」

瑠璃宮は少し離れたところに置いてあるバズーカ砲を手に取って、弾丸を装填した。

前方の岩を狙う。

「あれを射ってみましょう。何でも戦車もイチコロの威力があるそうです」

ついに勝俣は喚いた。

「ええい、もうよい！　気分が悪くなりました。失礼してもよろしいでしょうか？」

笹はやれやれという表情をこしらえながらうなずいた。


テストが終わった後、牢獄へ向かう寸前に、ウェイトリイは瑠璃宮に近づき、

「助かりました」

「いいさ」

と事も無げに返し、

「しかし、副司令殿は典型的な日本の軍人だ。クトゥルーの脅威も十全には理解しておるまい。少々厄介だぞ」

陣外が病室へ入って来たとき、未来は「大本営」と「海軍省」が共同編集した『敵兵器詳報』の最新号を読んでいた。

「面白いか、熱血少年」

「はい」

未来の類は紅潮していた。

「米英ソ連——みな頭がおかしいとしか思えない武器を建造中です。アメリカは本国から世界中へ射ちこめるロケット弾を。イギリスはあらゆる敵攻撃機を海上で射ち落とす電磁波兵器とやらを。ソ連と来たら、空を飛ぶ千トン戦車です。やっぱり、あいつら頭がどうかしています。一刻も早く大東亜共栄圏を確たるものにして、ガツンとやってやらなくては」

「ま、鬼畜だからな。我が国はどうだ?」

「はい。負けておりません。光と同じ速さで飛べる光速戦闘機や鮫や鯨を巨大化させ、敵潜水艦を壊滅させる計画を考案中であります」

「そら凄い。どれかに加担したいか?」

「いえ。自分は一介の搭乗員で十分であります。飛行機で空を飛べればいい——それが子供時分からの夢でありました。生まれてから二歳まで、自分は身体が弱く、陽の光を浴びろと医者に言われた両親は、いつも陽なたに自分を寝かせておりました。そのせいで、自分の記憶の中にある最も初期の光景とは、蒼い空と白い雲と、そこを飛ぶ鳥なのであります」

「筋金入りだな」

鳥のように空を飛べればいい。そんな若者が、今は戦うために空を飛ばねばならない。米英と——クトゥルーを相手にだ。

「もう怖くなったんじゃないのか?」

「は?」

「とびきり威勢のいい若いのが、風防に穴を開けられただけで、金玉から根性まで縮み上がるってのは、良く聞く話だ。まして、おまえは二発も食らっている。いつ下りてもいいんだぞ」

「よして下さい！　これくらいの傷で、自分はひるんだりしません。怖いことなど何も」

寝巻き姿が震えている。怒りではない。口惜しさによるものだと、溢れる涙が伝えていた。

「済まん済まん。そんなつもりじゃないんだ。だがな、ここだけの話、よくよく考えると、おまえは若すぎる。死ぬよりは生きるべきだ。相手は人間じゃない。〈神〉だ。今回の負傷はいい機会だと思う」

「そんなこと言わないで下さい。〈神〉を斃す武器が、アメリカから送られて来たそうじゃないですか。自分もそれで戦います」

「ウェイトリイの話によると、これはアメリカ人が考案したものではないそうだ」

「え？」

「工場で組み立てたのは彼らだが、設計図を引いたのは別の者らしい。ある日、突然、ホワイト・ハウスに送りつけられたそうだ」

「差出人は不明ですか？」

「ああ。だが、人間じゃあるまい。人間にあんなもの作れる道理がない」

「ここへ来る前に教えられた、クトゥルーと敵対する〈旧支配者〉でしょうか？」

「多分な。だが、彼らがクトゥルーに拮抗し得る力の主かどうかは眉唾ものだ。まして、その兵器は人間が使えるようにレベルを落としてある。クトゥルー自身を斃すどころか傷つけるのも困難だ」

「ですが――我々は変わりつつあります」

「クトゥルーの戦闘機と互角に戦えるくらいにはな。だが、それだけでは到底、この戦争には勝てん」

「では――どうすればいいのでありますか？」

「戦い続けるしかあるまい」

「しかし、それでは……」

「そうだ。勝てない戦いを続けるというのは、こちらが滅び去るということだ」

「……」

「それが百年先か万年先かはわからんが、無駄死にだ。やっぱり下りろ」

「いえ、違います」

未来は、きっぱりと言った。

「アメリカとの戦いならば、いつか終わります。自分はその日のために戦おうと思っています。日本が敗れようと敗れまいと、戦争が無くなる日のために戦います。これなら犬死にかも知れません。ですが、終わりのない戦いならば、決して無駄な死ではありません。自分は死ぬまで、喜んで戦い続けます。それが軍人の責務だと思います」

「おまえなら、そう言うと思っていた」

陣外は自分の首すじを揉んだ。

――今なら引き返せるぞ
とは言わず終《じま》いだった。

「大尉殿は――ご家族は？」

「千葉に両親と妹がいる。戦闘機乗りになると言ったら、さんざん怒られた。整備兵にしとけってな」

「わかります」

痩せこけた顔が微笑した。

「だが、おれは自分の夢を叶えてしまった。こうなった以上、空で死ぬしかない」

未来は眼を閉じてうなずいた。

「自分もそうありたいと思います」

陣外は溜め息をつくしかなかった。

そのとき――戸口から看護婦が入って来る気配と足音がした。

まさか――悲鳴が上がるとは。

女の顔は陣外と未来を戦慄させた。

恐怖の相だ。だが、人間の顔がここまで引き歪むとは。

立ちすくむ二人を、看護婦は交互に指さした。

お、お、お、と聞こえた。必死に声を出そうと試みているのだった。

「お……お……お化け」

そして、その場へへたり込み、へらへらと笑いはじめた。

「何事だ？」

陣外が前へ出た。女はまた叫んだ。

「――自分たちを見て、気が狂ったんでしょうか？」

「そうであって欲しくはないが、――そうらしいな」

陣外は未来の方をふり向いた。

絶叫が放たれた。未来と――彼自身の絶叫であった。

「これは――いつの間に？」

蒼白な顔で、陣外はゆっくりと腕を上げ、指さした。

未来を——いや、その向こうの窓ガラスを。

一瞬前、そこに映った自分の顔を彼は見たのだった。変わり果てた幽鬼の顔を。立ち尽くす彼の背後から、医者と看護婦たちが駆け込んで来た。

# 第十章　ルルイエ爆撃隊

## 1

異変は世界規模で生じていた。

ニューヨークのブロードウェイを訪れたミネソタからの旅行者は、ふと空気が異様に冷たくなったのに気づき、周囲を見廻した。摩天楼など比べものにならぬ巨大で高層な石づくりの都市の中で、得体の知れぬものたちが彼を囲んでいた。後は発狂するしかなかった。

ブロードウェイのど真ん中で笑い出した田舎者を、通行人たちは不気味そうに取り囲み、やがて救急車が来て安堵の表情を見交わした途端、またも発狂者が続出した。

正気を保った者は、みな近くの鏡や窓ガラスを粉砕し、食器やその他金属製品を放り出した。世界中の博物館の陳列ケースが打ち壊されたことは歴史に残すべきであるが、陳列品の殆どが無事であったことは、大書《たいしょ》されるべきである。

これらの異変はグリニッチ標準時間の正午に発生したが、その一時間半後、人間たちは次々に消えていった。

ある種類の人々が、家族友人の眼の前から忽然と消えてしまうのである。声や動きが鋭さを失ったかと思うと、全体がうすくなり、背後の光景が透けて、そのまま消えてしまうのである。

その全員が——後《のち》にわかったことだが——画家、作家、彫刻家、音楽家をはじめとする感受性がひと一倍豊かな人々であった。

　これに関して、小説家H・P・ラヴクラフトは、押し寄せた記者団に対してこう解説している。

「私が『クトゥルーの呼び声』で描いたように、クトゥルーが出現した際、その精神波の影響を受けて、半ば狂気の状態に陥ったのは彫刻家ウイルコックス青年をはじめとする芸術家なみの感受性を持つ人たちでした。今回は恐らく、クトゥルーが眼醒める前に見る夢が、現実を侵略しているのです。なぜそう思うのかと言われれば、そうなのだとしか言いようがありません。前回は、クトゥルーが夢見ることなく眼醒めたせいで、比較的被害は少なかった。しかし、今度は遥かに大規模な超現象が発生しています。人々が妖物化し、さらには消えて行く。クトゥルーの夢がさらに深まるか、眼醒めに向かうのか、どちらにしても、次の段階は、彼が暴虐《ぼうぎゃく》を欲しいままにするより早く、人間はこの星から一掃されるに違いありません。そこの記者さん、消されないあんたは芸術家もどきかと言いたいような顔をしてらっしゃいますが、私はまだ消えるわけにはいきません。今回の件も含めて、クトゥルーの世界への跳梁《ちょうりょう》を書き留める者が必要だからです。いわば〈旧支配者〉の記録係と言ってもいいでしょう。私はその役に選ばれたのですよ」

　会見を終えたとき、記者の数は三分の一に減っていた。消えてしまったのである。何故か、ラヴクラフトは羨しげに、糞ったれ《サノバビッチ》と吐き捨てて会場を後にした。

この会見内容は即刻世界に配信され、翌日、戦争中の各国首脳が、米マサチューセッツ州プロビデンス、バーンズ街十番地にある彼の家に急行した。

彼らの質問はただひとつに尽きた。

「クトゥルーは、いつ夢から醒めるのか？」

返事はこうである。

「わかりっこありません。ですが、ルルイエは早急に破壊すべきでしょう。出来るものなら、ですが」

陣外が窓ガラスに恐怖した日の晩、一通の電文が大本営から届き、全搭乗員及び整備員その他地上要員に深夜の招集がかかった。

笹司令は、急性マラリアに冒されたとやらで出席出来ず、勝俣副司令が代理に立った。参謀たちは三名が欠席、地上要員も半数が入院中であった。

「米英仏ソ連のクトゥルー作戦本部から連絡があった。三日後の午前六時を期して、世界はルルイエ攻撃を敢行《かんこう》する」

かすかなどよめきが地上要員の間を渡った。それだけだ。搭乗員も整備員も南海の夜に同化していた。

――いよいよか
と陣外は思った。

――おれたちは爆撃機の直掩《ちょくえん》だろう。クトゥルー側もこっちの攻撃は予想しているに違いない。おかしな兵器が雲みたいに湧いて来たそうだな。

「だが、我が皇軍は米英に混じっては出撃せん」

陣外は耳を疑った。今度のどよめきは全員からだった。

「零戦隊に搭載されている火器は、米軍の工場で作られたものだ。いざとなったらどのような卑劣な仕掛けが顔を出さんとも限らん」

「何を言ってるんだ、あいつは」

陣外のかたわらで、浅黄がつぶやいた。

「そのような状況で、あわてふためく様を米英の賊どもに見られては、我が航空隊の末代までの恥となる。よって、我らの攻撃は米英その他、敵国の攻撃の前に行うこととする」

勝俣は一同を見廻した。眼に憑かれたような光があった。


「お言葉ですが、副司令殿」

瑠璃宮であった。一同は静まり返った。

「異議は許さん。これは笹司令のお言葉だ」

「ルルイエ攻撃は、世界がひとつになって敢行しなくては、成功は覚《おぼ》つきません。ましてや、我が航空隊のみでは全員無駄死にです」

「貴様は死を怖れるかあ？」

勝俣の怒号は長く尾を引いた。

緊張する者は、しかし、いなかった。やっと来たか——みな却って安堵したかも知れない。

「帝国軍人ともあろう者が、恥を知れ——いや、そうか、貴様は帰って来たのだったな？　何処から来たかは知らんが、恐らく、何処ぞやの島の、現地人どもが生きる世話をしてくれる、さぞや暮らし易い、腑抜けた場所なのだろう。だが、ここでは許されん。大事なのは、いかに美しく散るかである。それさえ可能なら、無駄死になどあり得ない。米英の鬼畜などとは一線を画した皇軍航空隊の死に様を見せてやれ。従って我が航空隊の出動は明日、攻撃は明後日早朝とする」

ウェイトリイの薫陶《くんとう》よろしく、零戦の栄エンジンはそれまでの増槽付き三三〇〇キロから、一万三千キロまで延びていた。いや、変わっていたという方がふさわしい。ルルイエの浮上地点まで十分に往復可能。戦闘時間も一時間は保証される。

だが、零戦は戦闘機だ。ルルイエ攻撃の要《かなめ》は一式陸攻であって、零戦は護衛役に過ぎない。

片道飛行で約十時間、戦闘時間を入れれば二十時間以上に及ぶ飛行は、絶対に不可能だ。

人間ならば。

だが——今の搭乗員たちなら出来る。その操縦技術のみならずそれを支える肉体も機体も、もはや尋常ではないのだった。

「とうとうこの日が来たな」

解散を命じられた後で、瑠璃宮が言った。

「結局、おれはおまえたちを死なせるために来たようだ」

「やめて下さい」

陣外は苦笑した。

「自分たちは二つの戦争を戦っています。人間と〈神〉と。ですが、大空で死ぬ覚悟をした以上は、正直、どちらが相手でも同じことなのです。それに、〈神〉に負けるとは限りません」

ほお、という表情を瑠璃宮はした。

「勝てると思うか？」

「わかりません。ですが、死ぬつもりでは飛びません。生死は結果です」

ふと、

「中佐殿のご家族は？」

「ああ。おれが士官学校に入る前に両親は二人とも亡くなった。兄弟もおらん。だから、おれは親兄弟のために戦うことは出来ないんだ」

「お国のために」

「はは。おれは自分でもわからないところへ消えて、そこから戻って来た男だぞ。国もへちまもあるものか」

「では――何のために？」

自分でも意外なほど、陣外は執拗であった。まるで熱血少年のようだと、照れ臭くもあった。

「戦うのは後付けだ。おれはただ飛びたいだけなんだ。それなのに、敵機を百近く落とし、おまえらも死に急がせようとしている」

「ですから、それは――」

「わかっている。問題は、おれがおれではないところにあるんだ」

「おれじゃない？」

陣外は困惑した。

「自分のしていることは良くわかってる。納得もしている。文句はない。だが、それをしているのは、本当のおれではないんだ」

「わかるような気もしますが」

「もしも、本当のおれ――というか、行方不明になる前のおれのことだが、それが今と同じことをする羽目になっても、違和感はなくやってのけるだろう。だが、帰って来たおれではないということだ」

「こんがらかりそうです」

「まあいい。人間《ひと》はこうやって大きな存在に操られているのかも知れんな」

「それは――〈神〉のことでしょうか？」

「わからん。とにかく、人間では手も足も出ない巨大なものだ。運命と言ってもいい」

「それでも、自分の運命は自分で選べます」

「だといいがな。いや、多分、おまえの言うとおりだ。明日はもう出動だ。ゆっくり休め」

私室に戻ると、陣外は少し胸が軽くなったと感じた。勝俣副司令の命令は最悪だが、未来を連れて行かなくて済みそうだ。

机の前に腰かけ、両親に手紙を書こうと思ったが、その気になれなかった。瑠璃宮の訓練のせいだろうか。だとしたら何と迷惑な――いや、ありがたい。死は人間を感傷的にする。それは免れられそうだ。


未来は眠りについていた。三日後のルルイエ攻撃には、死んでも参加する決意だった。一日早まったことは知らされていなかった。

眠りは浅かったようだ。人の気配で眼が醒めた。白い顔が見つめていた。何かあったなとわかる表情だった。未来も黙って見返した。

その肩に白い手が優しく置かれた。

「あなたは死んではいけません。生きて下さい」

そのささやきは、未来の全身を血液に乗って流れ、彼から立ち上がる気力を溶かしてしまった。

彼は首をふった。

「みなが行くのに、自分だけ残れるものか。何のためにあの奇怪な訓練を積んで来たんだ」

「生きるためですわ」

ためらいもなく応じる声に、未来は返す言葉を失った。

「空は待っていてくれます。他のことは忘れて治療なさい」

「離せ」

未来は肩の手をふり払った。

「あなたは、自分のために来てくれたと思っていたんだ。なのに——みんな聞いた。大海も島村も神戸も、あなたのことを知っていた」

「仕方がありません。私がやって来たのは、ひとつにはそのためです」

未来は肩を落とした。

「大海は、クトゥルー戦に出動する前に、あなたに手紙を書くと言った。島村は家族よりあなたに会いたいと言っていた。みんな、あなたのせいで、家族のことを忘れてしまっている。何のためにそんな？」

「すぐにわかります」

女はひっそりと言った。

「みんな——あなたが家族に似てると、言っていた。島村と蓮台寺はお袋に、神戸は恋人に、大海は母代わりに育ててくれた姉さんに。あなたは誰なんです？」

「みんな会いたがってたわ。母さんに姉に恋人に。私はみなに満足を与えた。良かったかどうかはわからないけど」

「神戸と——寝た」

未来は震え声で指摘した。

「その方が彼には良かったのよ。怒ってる？」

「いえ」

未来は頭をふって、肩の手に自分の手を重ねた。呼吸が落ち着きつつある。

「自分は——行きます」

女はひっそりと笑った。

「好きになさい。あなたはいつも、強情だった」

変わらぬ静かな声は、何か別の印象を若者に与えたようであった。

「そうよね。良作さん？　だからもう何も言いません。何か欲しいものがある？」

女は彼の隣りにいた。

未来は身体の位置を変え、見当で膝のあたりに頭をもたせかけた。

少し直して、女は受け入れた。

「少しこのままでいて下さい。昔みたいに」

未来は眼を閉じた。この女《ひと》は違う。わかっているのは、自分を包むこの温かさと安堵は——同《おんな》じだ。

頬に手が触れた。

ふと、洩れた。

母——さんと。

はい、と女は答えた。

最後に試してみようと思った。少し怖いが仕方がない。

だから、うっすらと聞いた。

こちらを見つめていた。

未来は眼を閉じた。もう何も怖くなかった。

母さん。もう一度つぶやいたが、声にはならなかった。


翌日の正午、搭乗員たちは飛行場に整列した。

今度は笹が現れ、今にも倒れそうだとみなに不安を抱かせながら、

「武運長久を祈る」

と言って倒れ、病院へ運ばれた。

次の勝俣の演説は昨日の繰り返しであった。みなロクに聞いていないとわかり、しかし、この国粋主義者はさして怒った風もなく、段を下りた。

全員が緊張したのは、瑠璃宮が昇壇したときであった。


「おれは何かに呼ばれてここへ来た。クトゥルーや〈旧支配者〉どもの手から、この星を守ろうとする存在だ。おまえたちに課した訓練のメソッドも、そいつらがおれに植え付けたものだろう。だが、間違いない。おまえたちは立派な対〈クトゥルー〉戦士となった。はたして、それで〈クトゥルー〉を斃し、〈ルルイエ〉をつぶせるかはわからんが、全力を出せ。そうすれば、扉は開かれるはずだ。これからおれたちは距離にして四四四三浬《かいり》——八二〇〇キロの波濤《はとう》を下に見ながら、〈ルルイエ〉攻撃に向かう。攻撃の主体は一式陸攻であるが、我々の想像外の新兵器が待ち構えていると覚悟せよ。掛け値なしに死を賭して陸攻を守るのだ。繰り返すが、おれはこの日のために帰ってきた。そして、訓練の成果が見られそうだ。こん

なことを言うと失笑を買いそうだが、おまえたちの戦いは、日本一国のためでも残して来た家族のためでもない。世界のため、人類のためだ。さらに言葉を足せば、宇宙の正義のためでもある。不当なる理由で正当なる生命を脅かす邪神を壊滅せよ。全員、搭乗」

誰も動かなかった。

瑠璃宮も理由はすぐわかった。彼はふり向いて、部下たちと同じ方向へ眼をやった。

基地の正門へと続く道の奥から、自転車が一台やって来たのだった。

まさか。

虚しさが陣外を包んだ。

キイキイとペダルの音を陽光の下に立てながら、自転車は壇から一〇メートルばかり離れたところで止まった。下りたのは飛行服姿の未来であった。

彼は真っすぐ、大股で人々のところへやってきた。背はきりりと伸びて、足取りにも不安はなかった。

彼は勝俣の前で足を止め、見事な敬礼をすると、

「未来三飛曹――自分も今回の任務に加わりたく思います」

と言った。丁寧だが有無を言わせぬ力が漲《みなぎ》っていた。

勝俣は参謀たちと顔を見合わせ、瑠璃宮の方も向こうとしたが、それはやめて未来を凝視した。

「莫迦が」

と誰かがつぶやくのを、陣外は耳にした。彼も胸の中でそう唱えたところであった。何も知らず

にいれば死なずに済んだものを。何処の莫迦が出撃を教えた？

ならんと聞いたときも怒りは収まらなかった。

え？　と思ったときは、勝俣の言葉が続々と耳孔に押し寄せ、鼓膜で鳴り響いた。

「我が皇軍が負傷兵まで戦いに駆り出していると、おまえは米英に吹聴《ふいちょう》したいのか？　おまえの生命は勿体なくも天皇陛下よりお預かりした掛け替えのないものである。それを敵機の待ち受ける空戦に放り出すなど不敬の極みだ。わしは許さん。誰かこいつを病院へ連れ戻せ」

陸兵が駆け寄り、未来を兵舎の方へ連れ去った。未来の悲痛な叫びがいつまでもみなの耳に残っていた。

「自分も――行かせて下さい。この日のために――訓練を積んだのです――自分はもう人間ではありません。せめて――世界のために――戦わせて下さい」

陣外の隣りですすり泣きが聞こえた。

彼は安堵を感じていた。勝俣に感謝さえしたい気分だった。失われたはずの生命を彼が救ったのだ。かたわらのすすり泣きは、嬉し泣きだったのかも知れない。

そのとき――サイレンが鳴り響いた。

「敵機来襲。距離北東五千、高度四千。大型爆撃機――単機です」

監視員の方にはとまどいがあった。

「単機？」

みなが顔を見合わせた。

「ようし」

瑠璃宮が珍しく闘志を隠さずに叫んだ。

「クトゥルーの尖兵ども。塒《ねぐら》の爆撃前に血祭りに上げてやれ！」


陣外が操縦席に収まると、外谷が顔を出して、

「お帰りをお待ちしております。この機体と一緒に」

ぱんぱんと叩いて白い歯を見せた。

「ああ、またな」

と陣外が答えた。

一分とかけずに、かれは蒼穹の海を渡っていた。

六千まで上がり、全機雲海に身を隠した。

たかが一機と思ったものの、その数が不気味さを孕《はら》んでいるのは確かだった。


来た。

「うお。でかい」

陣外は自分の驚きの声を遠く聞いた。

千メートル先からでもわかる。

Ｂ25やＢ17など目ではない。全長五〇〇メートルの巨体には翼がなく、金属の光沢さえも無縁だった。飛行機ではなく、飛行船である。機体の上半分は灰青色で下半分はうすい煉瓦《れんが》色をしていたが、どちらにも反対側の色が何カ所か付着し、よく見れば、全身が魚のようにくねっているのだった。

旋回機銃座も風防も、それどころか操縦席の窓ひとつ見当たらない。

「何だ、こいつは？」

それは陣外のみならず全員が抱いた感想で

あった。誰ひとりその答えを得られぬまま、

「攻撃開始」

瑠璃宮の声がみなの耳に響き渡った。

真っ先に瑠璃宮が突っ込んだ。二機の列機がそれを追い、続いて浅黄、陣外の順だ。

何処を狙ったらいいのか見当もつかない。逆を言えば、何処を狙っても当たる。

この飛行船が〈ルルイエ〉から発進し、ヨーロッパ全土を炎に包んだ上、スピット・ファイアをはじめとする迎撃戦闘機の攻撃を難なく撥ね返した怪機の仲間なのは言うまでもない。〈クトゥルー〉の皮膚を縫い合わせたという機体はロケット弾さえ受けつけなかったのだ。

だが、零戦から吸いこまれた火線は、ことごとくその外被を貫き、弾痕を穿《うが》った。

巨船は内部のものを吐いた。それは煙でも炎でもなかった。青黒い液体であった。

「触わるな！」

瑠璃宮の叱咤がとぶまでもなく、全機汚穢《おわい》な筋を避けて攻撃を続けた。

「ロケットを射ちます！」

淵ヶ沢三飛曹であった。他機が散開するや、二発放った。

燃焼の尾を引いて、それは巨船のほぼ中央部に火の花を咲かせた。

巨体はゆっくりと前傾《ぜんけい》した。大量の液体が噴き出し、霧となって巨体を包んだ。

——やったぞ！

みなの叫びが聞こえるような気がした。

こういうときに限って、逆転の一発が来る——

陣外は気を引き締めた。そのつもりが、少し遅かったようだ。

視界があり得ない色彩に染まった。

巨船が爆発したのだ。炎と黒煙から見て、エリラ基地用の爆弾を搭載していたのだろう。

風防は青く染まり、凄まじい衝撃波が陣外を吹きとばした。

宙返りをくり返し、把握できない方向へ飛んで行く――正確には落ちていく、だ。

陣外は必死にコントロールを取り戻そうと努めた。不思議と落ち着いていた。横を見ると、数機が落ちていく。

普通なら絶望的な状況だが、姿勢を立て直すには数秒で事足りた。他機も何とかバランスを取り戻し、上空の編隊に復帰しつつあった。


「――無事か？」

冷やかな瑠璃宮の声が入って来た。義務としか思えない問いだが、陣外は感謝を返事に乗せた。

「中佐殿のおかげであります」

何処かから戻って来た〈魔人〉の訓練がなかったら、とおに海中へ吸いこまれていただろう。

「礼はアメちゃんに言え」

「――そうでした」

ウェイトリイのことである。彼の整備力は、発動機のみならず、機体のメンテナンスにも及んでいたに違いない。爆発の衝撃で、吹っとんだだけなのがその証拠だ。

――人外の敵には人外の力で応じるしかないか
陣外は前方を見つめた。

——危《やば》い

風防の前面は青黒い斑点で、視界が殆ど失われていた。かろうじて隙間から見えるが、通常飛行ならともかく、戦闘は不可能に近い。

だが、

「やるしかないな」

腹をくくった。自分だけではあるまい。返り血を浴びたのは勝利の証《あかし》だ。

また浴びてやるぞ、と思った。

編隊への復帰は瞬《また》く間であった。

「行くぞ」

何事もなかったような瑠璃宮の声に、苦笑と——鋭気が満ちた。

ふたたび飛翔す。

奇怪なる零戦と一式陸攻の編隊よ。

向かうは一万五千キロの彼方〈旧支配者《クトゥルー》〉の奥津城であった。

妖異なる編隊、忌まわしき敵城、おぞましい敵機——一九四X年の夏。何たる奇々怪々な戦いか。

3

瑠璃宮の訓練がいかなるものであったにせよ、効果は飛行技術を超えて、搭乗員たちの生理にまで及んでいた。

昼にエリラ基地を発って十三時間、なおも星のまたたく黎明《れいめい》の空の下——南太平洋上、南緯四七度九分、西経一二六度四三分に、島のごとき建造物を確認したのである。

その周囲に群がる米英の艦艇はもちろん、上空を飛び交う航空隊の何たる微少さか。海中には、その数万倍の規模の本体が眠っているに違いない。

敵の途方もなさに、陣外は身震いを覚えた。

いつの間にか、おれたちは人間以外のものになった。だが、眼下の敵に挑戦の辞を投げつけたら、返って来るのは嘲笑を通り越した無関心だろう。人間《ひと》は虫ケラの言葉を判断し得るか否か。

思わず息を吐いたとき、陣外は左右上方におびただしい気配の接近を感じた。感覚が以前と変わっているのは承知の上だが、これまでになかった鋭敏さであった。訓練の隠れた成果が〈クトゥルー〉の気配に顕在《けんざい》化したものか。

「味方だ」

瑠璃宮が耳の奥で言った。

「空母から発進した米英の艦載機だ。おれたちを守ってくれるらしい」

「おれたちを、ですか？」

信じられなかった。この攻撃は日本の抜けがけではなかったのか。

「そうだ。どうやら、基地から連絡を受けた大本営か海軍省の理解あるお偉方が、米英の中枢に通告したらしい。今回の攻撃は日本隊の双肩にかかっている。〈ルルイエ〉空爆を成功させるための捨て石になる——そのために上がって来たと言っている」

ざまあ見ろ、勝俣の阿呆め、と胸中で罵ってから、

「——しかし、彼らは通常の飛行部隊です。ク

トゥルー航空隊とやり合って、勝ち目はありません。犬死にです」

「そのとおりだ」

「ならば——戻るように」

「おまえなら、戻るか？」

「——いえ」

「ならいい。彼らも生命を捨てている。その心意気を受けろ」

「——了解しました」

熱いものがこみ上げて来た。陣外はそれを喉もとで闘志に変えた。

ふり返った。

ごおごおと男たちが飛んでいた。F6F〝ヘルキャット〟、F4F〝ワイルド・キャット〟、F4U〝コルセア〟、そして、スーパーマリン・スピットファイア、ホーカー・ハリケーン——かつて洋上で死闘を演じた敵が、いまは陣外たちを守るべく鉄壁の布陣を敷いているのだった。

——闘《や》る
と思った。

闘れるではない、闘る。必ず〈ルルイエ〉を破壊し、邪《よこし》まなる〈神〉をまたも太洋の底深く眠りにつかせてみせる。

高度計を見た。

いま、〈ルルイエ上空〉三千。距離五千。

「攻撃個所は、中央にとび出している城郭部——大扉だ。あそこを割ってクトゥルーが現れる。その前に破壊せよ」

瑠璃宮の声が告げた。目標は決まった。

「攻撃開始」

Ｆ４Ｕ

浅黄の声が耳の奥に鳴り響いた。

一式陸攻が機首を下げた。

全機降下に移る。これからは生死を賭した時間なのだった。

高度三千。眼下の艦船の砲身が火を噴いた。〈ルルイエ〉の上部に次々と爆発が生じる。炎の輪と黒煙の中に石柱が倒れ、天井が崩壊する。浮上以来、いっかな乾いた風《ふう》もない緑の粘液も、幾何学の構造を無視した通路も、破壊の槌《つち》の前には脆《もろ》くも溶けていった。

一式陸攻の前方を遮るように、Ｆ６Ｆ〝ヘルキャット〟が走った。

わずか十機の編隊の上下左右を、Ｂ25、Ｂ17、アブロ・ランカスター、フェアリー・バラクーダの大群が急降下して行く。

「彼らが先陣を取ってくれる。おまえたちは結果を見てから続け。高度五千でルルイエ上空を旋回せよ」

陸攻のパイロットには、瑠璃宮の指示がこう届いた。

——何て奴らだ。

陣外は胸の中で手を合わせた。

だが、〈神〉が黙って見ているはずがない。その怒りは、爆撃隊が高度二千まで降下した瞬間に顕現した。

何処からともなく、おびただしいきらめきが噴出したのである。

その金属片——薄箔の凄まじい威力は、ヨーロッパ勢のみが知るところだ。

だが、爆撃隊はただちに上昇に移ってやり過ごし、同時に攻撃を開始した。

機数実に三百機——数千発の爆弾が〈邪神〉の奥津城に吸いこまれる。数億年の水圧に耐えて来た大伽藍《だいがらん》が吹っとび、〈神〉の呪いは虚空に荒れ狂った。

「凄いぞ、こりゃ陸攻の出番はないか」

陣外は、しかし、歓喜の胸中に開いた空洞を感じていた。そこから吹いてくるのは、不安という名の風であった。

〈ルルイエ〉の頂《いただき》は、不気味で忌わしい超古代の意匠《いしょう》の絵画や文字を刻みこんだ大扉と、巨石造りの神殿や付属の建造物からなっていた。近くから観察すれば、何処にも孔《あな》のようなものはないとひと目でわかるほど、それらは緊密に組み合わさって連なり、ある部分では石と鋼が溶けあってさえいたのである。

それなのに、〈ルルイエ〉自体が巨大なる空洞であるかのごとく、おびただしい紅い筋が一斉に上昇したのである。

それは触手であった。数は恐らく数万本を超えていただろう。そして、一気に空中を駆け上がり、三千メートル上空を旋回中の英米爆撃機群を、鉄槍と化して串刺しにしたのである！

刺すと同時にそれらは引き抜かれ、一秒とかけずに〈ルルイエ〉に吸いこまれた。その後を米英の全爆撃機が、錐もみ状態で落ちていく。〈ルルイエ〉の表面と海上に火柱《ひばしら》と水柱《みずばしら》が止めどなく上がり続けた。

「そろそろ来るぞ――戦闘用意」

瑠璃宮の指示がとんだ。

「――何が来るのでありますか？」

陣外の問いはみなの思いを代表していた。

「触手の主だ」

いよいよクトゥルーのお出ましか、と思った。殆ど一瞬の目撃に過ぎなかったが、三百の爆撃機を葬った触手の数は万を、いや十万を超える。あれは自分たちの高度――四千メートルまで上昇して自分たちを差し通しても不思議ではなかったのだ。あれは数万本の槍――いや、機関銃と同じ効果を上げる。その主が空中へ躍り出ようとは。

陣外はなおも下方を凝視し続けた。

〈ルルイエ〉の表面に、何か虫みたいなものが、ざわざわと集まりはじめた。

何処から？　と思う前に、そいつらはフジツボだらけの無数の戦闘機となって大空へ舞い上がった！

陣外の胸は歓喜で高鳴った。歓喜は闘志も連れて来た。

Ｆ６Ｆ怪、Ｆ４Ｆ怪、Ｆ47怪、スピットファイア怪、ホーカー・ハリケーン怪、そして隼怪、メッサーシュミット怪、止《とど》めは——零戦怪！

「クトゥルー、わかってるな」

敵は同じ土俵で矛《ほこ》を交えることを選んだのだ。〈クトゥルー〉の意志ではあるまい。信者どもの考えだろうが、陣外にとっては理想の戦いと言えた。

「全機、陸攻を守れ」

爆撃機は降下に移った。

それに押し寄せる敵機へと、陣外は機首を向けた。

たちまち空は怪異なる戦場と化した。〝ヘルキャット〟がスピットファイアと戦い、〝ワイルドキャット〟はホーカー・ハリケーンと巴戦に入り、〝コルセア〟は零戦と、そして、零戦は同盟国機メッサーシュミットと渡り合う。

だが、最も不可解だったのは、同型機とぶつかった者であったろう。

陣外には二機の零戦怪が向かって来た。素早く片方の背後を取って二〇ミリ弾を浴びせた。これは炸裂弾である。通常の二〇ミリならビクともしない怪機も、不気味さでは勝るとも劣らぬ武器の前に、あっさりと火を噴いた。

米英機に搭載してあるのも同じ品であったろう。だが、機体と搭乗員は違った。最初の数機が落とされると、怪機はそれを理解した。並みの機体と操縦テクニックでは太刀《たち》打ち出来ない旋回や急降下、急上昇の冴えを駆使して、米英機に襲いかかった。それこそ五分足らずのうちに、三百機の殆どは撃ち落とされてしまったのである。

二機目も易々と叩き落としたとき、陣外は後方に五機を確認した。

「今、助けに行くぞ」

浅黄の声に、

「無要です」

と応じるや、急上昇に移った。敵も追いすがってくる。

八千メートルあたりで陣外はスピードを落とした。中高度戦闘機として開発された零戦の理想的戦闘空域は四千メートル前後である。排気タービン無しの機体は八千を超すとエンジンが息をつきはじめる。無論、怪人ウェイトリイの指導によって整備を得たエンジンは一万でもビクともしないが、陣外はここを勝負所と決めた。

敵は零戦であった。

——おかしな気分だな

窓外を閃光弾がかすめた。

三〇〇後方から射ってくる。これでは当たらない。戦闘機の弾丸交差地点は約二〇〇。自信のある者は一五〇に設定するがそれでも確実とはいかない。秒速数百メートルで移動する機体を射ち落とすには、弾速、角度、距離とタイミング——あらゆる要素を一瞬のうちに噛み合わせなくてはならないのだ。

「行くぞ」

陣外の手は脳の支配を離れた。操縦桿とスロッ

零戦

トル・レバーをどう動かすと可能な技か。敵弾が風防を貫いたと見えた刹那、それは空を貫いた。

陣外は二〇メートルも右にいた。

その左を追いすがる敵が次々と通過し、進路を変えることも出来ない。陣外の移動が速すぎたのである。〈荒鷲落とし〉に似て、〈荒鷲落とし〉より遥かに凄まじい技であった。

〈クトゥルー〉の眷属といえど、無防備同様の敵機は美味しい獲物であった。

二〇ミリと七・七ミリの連射五度きっかりで、五機は錐もみ状態で落下していった。

だが、こんなことがあり得ようか？　いかなる目撃者がいても、答えは「否」であろう。その目撃者が尋常な人間である限り。

陣外の機は、時速五〇〇キロの速度を落とさず、水平に右へ移動し、停止してのけた。

　慣性の法則を無視したこの暴挙は、機体のみならず操縦者の肉体をも苛烈なGで破壊する。全身の骨格は破砕し、内臓は破裂を余儀なくされる。時速五〇〇キロの運動量は、方向転換の瞬間、数十倍のGとなって両者に襲いかかってくるからだ。同じパワーのバットで打ち返された時速五〇〇キロの野球ボールを考えてみればいい。これこそが、帰って来た〈魔人〉から叩きこまれた異形の戦法であった。

　きしみという名の悲鳴を上げる機体を通常速度に戻して反転させた陣外の関節は、全てが外れかけ、背筋、腹筋ともに肉離れを起こしていた。

　凄まじい痛みの中で思いきり息を吸い――吐いた。細く長く、最後の酸素もあまさず肺から追放するまで吐き続けた。

　ふっと痛みが引いた。

　思いきり吸いこんだ。あらゆる筋肉に行き渡った酸素が、次の戦闘を可能にするのだった。

　二十分足らずの死闘であった。十機足らずの零戦は二百を超す敵の半分を、それこそ殺虫剤を浴びせられた雲霞のごとく撃墜してのけた。そして、なお優位は揺らいでいない。

「行けるぞ、陸攻！」

　大海は叫んだ。

「残念だったな、未来、おれたちは――」

　声が止まった。心臓が掴んだのだ。

「――何だ、ありゃ？」

　自然に瞼が開いていった。

　残った敵機が五、六〇〇メートル前方に集合しはじめたのだ。

フジツボだらけの機体がみるみる溶け、それが次々に溶け合い、重なり、つながって、百機分の物体と化していく。

「こいつは――」

陣外がつぶやいた。

内部に直径一〇メートルほどの核を持つ直径五〇メートルほどの半透明の物体――その表面は煮えたぎるように泡を吹き、血走ったおびただしい眼と、汚怪でねじ曲がった口からは、人間と同じ形の歯が見えた。

なぜ、あの作家はこのようなおぞましい存在を思いついたのか？

搭乗員の何人かは忘れたかも知れない。その名前を。

〈ショゴス〉。

陣外たちが戦って来た敵機の本体は、こいつ、だったのだ。太古の〈古きもの〉が大陸並みの城を構築すべく生み出した人工生命体。高度な知能を手に入れ、やがて主にも反抗しはじめた生命は、いま〈ルルイエ〉の大空に集合し、ひとつの巨大な魔に姿を変えていた。

だが――

陣外はつぶやいた。

「こいつ――飛べるのか？」

否だ。見よ、巨体は降下しつつあった、落下と言わないのは、巨体のあちこちから突出した過去の名残り――名機たちのプロペラが回転し、重力に逆らい続けているからであった。

「仕留めるぞ」

瑠璃宮の機が後を追った。陣外も他機も続く。

高度七千――六千――五千
四千まで落ちたとき、下方の〈ルルイエ〉――火に包まれていたが――から銀色の物体が上昇してきた。

エンジンも無い大鷲の翼を思わせるそれは、水平にすれば二〇〇メートルを超える金属体でありながら、Gを無視して垂直に上昇し、降下する。〈ショゴス〉の身体にぴたりと装着された。降下は止まった。

怪生物は空中での自由を得たのである。

一式陸攻が降下を開始した。いかなる対空攻撃が待ち受けているにせよ、これ以上は待てなかった。

「六号機から十号機まで、陸攻を守れ。後はショゴスを討て！」

瑠璃宮の叱咤と同時に、空飛ぶ人工生命VSエリラ零戦隊の死闘は火蓋を切った。

# 4

零戦隊にとってもそうだが、〈ショゴス〉にしても、このような戦いも相手も初めてだったに違いない。

触手が音をたてて零戦を襲い、しかし、軽やかに反転して逃れるや、二〇ミリ機関砲と七・七ミリ機銃の猛射が、可塑状の皮膚を襲う。

〈ショゴス〉は自分にはいかなる攻撃も無益なことを知っていた。傷口は瞬く間にふさがり、痛みも感じない。物質も熱もガスも放射線も、分厚い外皮が食い止め、生命活動の根源たる〈核部〉には永久に届かないのである。

身体の一部を再構成して鞭状のものに変え、遥か彼方の物体を破壊することも絡め取ることも容易《たやす》い。〈古きもの〉の宿敵〈ユゴス星の菌類生物〉を始末するため、暗黒星ユゴスまで触手を飛ばし、多くの菌類生物を串刺しの運命に遭わせた。

一度だけ、知能を得て主《あるじ》たる〈古きもの〉に反抗した際、彼らの使用する原子を破壊する武器に敗北を喫したが、それだけだ。

戦えば勝つ。〈ショゴス〉には意識せぬ自信が満ちていた。

それなのに、今回は違った。あまりに素早く、小廻りが効きすぎて、捕獲は不可能、そのくせ強力な武器を備えていた。それでも何機かは落とした。触手を躱わした瞬間、それは十文字《じゅうもんじ》に裂けて敵を掴み取ったのである。

だが、一匹だけはそういかなかった。彼の攻撃は全て躱わされた。触手が触れる寸前、そいつはスピードを変えずに右へ飛び左に移り、あろうことか水平飛行から垂直上昇、急降下と連続させて逃げのびた。彼の触手の変化を読み取れる敵はいない。だが、彼の触手もそいつの動きは予想できなかった。

熱い弾丸は外皮を難なく貫いて〈核〉をえぐり、初体験の苦痛を与え続けて来る。

また来た。

触手を伸ばした。

一瞬の危機が陣外を襲った。〈ショゴス〉に二〇ミリを叩きこもうとした刹那、凄まじい衝撃が機体を捉えた。激烈な水流に翻弄される感覚に、機体がきしんだ。

風防に付着した青い染みが、接近して来た触手に死角を与えたのだ!

握りつぶす——破壊のためにパワーが加わるまで千分の一秒——まさか、その間に弾丸が触手を射ち切るとは!

大海三飛曹であった。狙いたがわず——一撃一瞬の奇跡だ。彼もまた〈帰ってきた魔人〉の訓練を受けたのだ。

落下していく陣外の機が、しかし、見事に体勢を立て直したのを確認した刹那、前方にうねる触手を見た。

間一髪、神技の操縦桿さばきで風防への直撃を躱したが、機は大きく傾いた。水平翼と尾翼をやられたのだ。瞬時に操縦の自由は失われた。

「意外と速く終わりが来たな」

回転する機体をかろうじて前進させながら、大海は別れを告げた。

「このままじゃ終わらねえ。あばよ、未来。さよなら——」

と考えて、姉しかいないことに気がついた。父も母も物ごころつく前に亡くなり、因業《いんごう》な親戚の間をたらい廻しにされた彼を庇ってくれたのは、五つ年上の姉であった。彼が十一歳のとき、肺を病んで死んだ。透きとおるような死に顔を見て、子供ごころにも、幸薄いと思ったものだ。

笑顔を思い出そうとしたが、上手くいかなかった。

〈ショゴス〉の巨体が迫って来た。

その肩に白い手が重なった。

「お伴します」

――姉さん
〈ショゴス〉の巨体の中央に火の花が花弁を広げた。痙攣する触手の合間を縫って、零戦の火砲が集中する。

〈ショゴス〉の表面が泡立ち、数万本の触手に変わるや、上空へと放った。

わずかに遅れて、巨体も急上昇に移る――凄まじい乱気流に、陣外の機はコントロールを失って踊り狂った。

かろうじて体勢を立て直すのに、数秒を要した。

「何処へ行った？」

陣外は蒼穹を見廻した。消失よりも新たな出現を怖れたのである。

「多分――宇宙だ」

瑠璃宮の返事は、いつもと変わらなかった。

「宇宙？」

「多分、いちばん近い――月だ」

「どうやってでありますか？」

「最初に触手が上がっただろ。あれを錨《いかり》代わりに月の大地に打ちこんでから体内へ引き込んだんだ。自分が引っ張り上げられる理屈だ。奴はもう月にいる」

「――どうしてそんなことがわかるのでありますか？」

また意味もない質問をしてしまったと思った。

彼は〈帰ってきた男〉なのだ。

「わかるのさ」

「了解いたしました」

見廻すと、自分と瑠璃宮の二機しか残っていなかった。〈ショゴス〉の攻撃も神技だったのだ。

陣外は〈ルルイエ〉を見下ろした。

一式陸攻の姿もない。炎と煙を噴き上げてはいるが、〈ルルイエ〉に異常はなさそうだ。

「陸攻は別の対空兵器にやられた。後はおれたちしかないいな」

「どうやるんです？」

「〈クトゥルー〉の大扉を破壊する。その後で内部へ突っ込むんだ」

「いい手です」

大空を旋回しながらの、空電混じりの会話であった。

「おれが先に行く。後は任せたぞ」

「自分に出来ますかね？」

「大丈夫さ。おまえは只者じゃない。やはり、〈クトゥルー〉にとどめを刺すのはおまえだな。だから、おまえは原住民に狙われたんだ。今ではおれより技倆もいい」

「まさか」

「行くぞ」

「ご武運を。また会いましょう」

「ああ、またな」

瑠璃宮の機が一気に高度を下げた。垂直に近い角度で落ちて行く。

赤い球体が歓迎会の風船のごとく浮き上がって来るのを陣外は見た。恐らく触れたら大被害を蒙《こうむ》るに違いない。

陸攻を撃墜したのはこれに違いない。

「おお!?」

声が出た。

瑠璃宮の機は意志を持つがごとくに寄ってくる球体を鮮やかに躱わしつつ〈クトゥルー〉の大扉に迫った。

不意に炎が瑠璃宮の機を包んだ。業を煮やしたのか、球体どもが一斉に自爆したのである。

衝撃波が陣外の機を跳ねとばした。

陣外は眼を見張った。瑠璃宮の機は無傷であった。降下の軌跡を寸毫《すんごう》も乱さず大扉に激突した。

呆気ないとも思える終わりだった。

――中佐殿。あなたを帰した者が守ってくれましたか。

自分にはいない。だが、やってやる。

すでに陣外は急降下を敢行していた。

風を受ける機体の震えが伝わって来る。真っすぐ瑠璃宮のコースを追った。

球体が集まって来た。

――おれは守ってくれないな。

眼は前方に据えていた。

大扉の上部に黒い孔が開いている。

瑠璃宮の成果だった。

――俺には何が出来る?

二〇ミリを射った。空だった。七・七ミリ――同じだ。爆弾もない。

後は奇跡のテクニックで球体を躱し、孔内に突入するだけだった。

入った。

その瞬間、尾翼のあたりで爆発が生じた。

――三舵《さんだ》ともやられた。もう戻れんな。

闇が零戦を包んだ。

広い、と思った。勘だが、上空からは想像も出来ぬ広大な空間であった。しかも――

水平飛行か？

落ちているはずだが、Gの影響さえここでは無縁らしかった。

何処まで落ち――飛んだのか。

前方に気配が生じた。

全身が総毛立つ。途方もなく巨大な、固体のごとく濃密な妖気の発源地点であった。

〈クトゥルー〉――ついに遭遇したか。

急に意識が遠のいた。奴の仕業《しわざ》だった。

――いかん。このままでは!?

必死で気を取り直そうとしたが、意識は闇に吸い取られた。


急に戻った。

肩に手が置かれたのだ。

「私はこのために来ました」

女の声がひっそりとささやいた。胸のなかで、白い美貌がささやくように微笑んでいた。

「あなたは変わったけれど、ひとりでは〈クトゥルー〉を斃せない。お伴します」

幸せな気分が陣外を包んだ。


最後の日本機の突入を上空から目撃した米海軍第七飛行中隊アロンゾ・D・パック中尉は後にABC放送の取材にこう語っている。

「日本機二機の突入は、奇跡のようだった。〈ルルイエ〉が放った気球爆弾が爆発しても、最初の一機は傷一つ負わず大扉に激突し、その上部に大穴を開けた。何かに守られていたに違いない。私が眼を見張ったのは二機目の方だった。あんな飛行が可能なのは神か悪魔しかない。気球が近づくと、垂直に降下していた零戦は、すこしもスピードを落とさずに右へ移動して躱わし、最後はなんと後退までやってのけた。時速五〇〇キロで急降下の最中にこんな芸当が可能かどうか、子供でもわかるだろう。パイロットは超人だ。その機が見事破壊孔に突入しても、すぐには何も起きなかった。自分は正直、失敗だと思った。世界は明日、〈クトゥルー〉の軍門に下るのだ、と。人間はひとり残らず地球から一掃されてしまう。そんなことを考えながら、自分は残った僚機とともに、空母〈エンタープライズ〉に戻った。

その火柱を見たのは、着艦して機を下りたときだった。

火柱は〈ルルイエ〉の方から上がっていた。方というのは、〈エンタープライズ〉は〈ルルイエ〉から一〇〇キロの海上にいたからだ。火柱は千メートルどころか、宇宙まで届くのではないかと思われた。その下から、おれは、〈クトゥルー〉の悲鳴を聞いたような気がした。いや、あのとき甲板にいた連中や、〈ルルイエ〉を取り囲んでいた船の生き残りたちは、みなそう言っている。

――あの二機がやったんだ

自分は、そう思った。〈クトゥルー〉も化物だが、あの機のパイロットもそうだった。別の解釈も成り立つ？　それはあの現場にいなかった安全な連中の考えだ。自分にはよくわかっていた。世界は日本の零戦部隊に、特にあの二機のパイロットに生涯礼を言い続けるべきだ。しかし、突入してから十分以上も急降下し続けていたのだろうか。

後は知ってるだろう。〈ルルイエ〉は断末魔のごとく震えながら海中に身を沈め、何隻もの監視艦がそのとき生じた渦に巻き込まれかけた。そのとき、何故か海面が大荒れに荒れて、渦を消してしまったんだ。おかげで船たちはみな無事だった。不思議なのは、荒れ狂う波の間《はざま》に古い――中世風の帆船が見えたことだ。他の国はそんなもの見なかったといったが、絶対に見間違いじゃない。

いつかまた〈クトゥルー〉と〈ルルイエ〉は世界に浮上して来るに違いない。だが、あの二機のパイロットのような勇者が奇跡を起こしてくれると、自分は信じている。この星を狙うものがあれば、守ろうとする力も存在するのだ。世界は滅びはしない。

戦後しばらく経ってから自分は船から姿を消したある男の消息を人伝えに聞いた。何と彼は日本軍の駐屯する孤島へ赴き、彼らに協力した上、〈ルルイエ〉が沈んだ当日――同時刻に獄舎から姿を消したという。ラヴクラフトの作品から鑑《かんが》みるに、彼は〈クトゥルー〉の支配を望まぬ別の〈旧支配者〉だったのではないだろうか」

それから――

首相官邸のベランダで秋の夜風に吹かれていた総理大臣の眼前に、国防大臣の電子像が浮かんだ。いつものように無表情の大臣は、第二シリアとレバノン帝国がアメリカへの空爆を中止して、

〈ルルイエ〉への攻撃に協力する旨を宣言したと告げた。ここは我が国も協力せねばなりますまい。

「全てを忘れて、この星のために一致団結する、か——そして、何者かの力によって救われるや、ふたたび人間同士の資源戦争、領土戦争が再開される。〈クトゥルー〉に笑われるぞ」

独言《どくげん》のようにつぶやいて、総理は偽りの国防大臣へ、

「我が国は断じて自衛隊の海外派遣は拒否する旨の声明を発表する」

と言った。

「その代わり、金を出す」

国防大臣の像は溜め息をついて消えた。

「済まんな」

総理は遠い眼をした。瞳は幾つもの顔を映し出しては消していった。飛行帽をかぶった忘れ難い男たちの顔を——いや、ひとつだけ例外があった。

「総理——未来総理」

背後から呼ばれた。外務大臣だった。アメリカの顔を立てて海外派兵を、と説得に来たのだった。総理大臣の最近の愉しみは、彼を論破することであった。

「今、行くよ」

小さく言い放って、総理大臣は摩天楼が林立する東京の夜景に背を向けかけ、急に立ち止まった。靴底からかすかな地面の震えが伝わって来る。

——このところ多いな。ひょっとして——

——すぐに考え直した。奴がふたたびこの世界に降臨を企てたとしても、あんな男たちがいる限り、水泡に帰すだろう。永劫に続く戦いでも、彼

らは、おれたちは、人間たちは決して背中を見せはしない。荒鷲たちは、今も邪悪なる復活を妨げるべく、大空を飛翔しているのだ。

総理はベランダの手すりに両手両足をかけて仁王立ちになった。丁度いい具合の風が吹いている。小さく息を吐くや、その身体は空中にあった。真横に広げた両手は、巧みに風とのバランスを取って、彼に数秒の旋回飛行を行わせた。

数十年前の訓練で身につけた秘技を知る者はいない。音もなく着地すると、彼は二人の男に敬礼した。

そして、総理大臣は歩き出した。力強く床を踏み、自信に満ちた足取りで。

（完）

# あとがき

「クトゥルー戦記」第三弾をお届けします。

第一弾『邪神艦隊』が戦艦。

第二弾『ヨグ＝ソトース戦車隊』が戦車。

海《かい》、陸と来ています。今回は空《くう》であります。空ならば当然〈零戦〉しかありません。

私がデザイン的に最も好きな第二次大戦中の戦闘機は、〈メッサーシュミット〉と〈スピットファイア〉、そして三式戦＝飛燕ですが、性能では文句なく零戦になります。

日本唯一にして最大最良のクトゥルーシリーズＣＭＦにおいて、大空を舞台にした架空戦記と来れば、〈クトゥルー〉ＶＳ〈零戦〉の図式が描かれるのは当然のことでしょう。

過ぎ去った戦争を描写するには、どうしても悲劇的側面が伴います。殊に敗け戦《いくさ》では、それだけになってしまう場合が圧倒的に多い。逃れられない黄金律として、そちらの方に触れてもありますがそれよりは、超人的な訓練を受けた零戦と〈クトゥルー〉一派との死闘をお愉しみ下さい。

なお、年代的な不都合は、架空戦記であると逃げを取っておきます。

また、登場人物のひとりに、私の他の小説のキャラクターと姓名、体型が酷似した人物が出て来ますが、両者の間には何の関係もないことを断言しておきます。

おお、ここでも、と考えたあなた、深読みのしすぎですよ、深読み。

およそ地を這う生物と生まれて、大空への飛翔を夢見なかった人間はいないでしょう。〈クトゥルー〉に挑む若きパイロットたちは、妖神を斃すことよりも、空を駆ける――その喜びために戦場へ赴いたのかも知れません。

最後になったが、恐らく日本初にして海外でも例がない凄まじいクトゥルー・カバーとイラストを描いて下さった池田正輝先生に、感謝いたします。私の目に狂いはなかった。はっはっはー(エラソー)。

二〇一四年九月某日
『宇宙大戦争』を観ながら

菊地　秀行

クトゥルー・ミュトス・ファイルズ
The Cthulhu Mythos Files

# 魔空零戦隊

2014年11月1日　第1刷

著　者
**菊地 秀行**

発行人
**酒井 武史**

カバーイラスト、本文中のイラスト　池田 正輝
帯デザイン　山田 剛毅

発行所　株式会社　創土社
〒165-0031　東京都中野区上鷺宮5-18-3
電話 03-3970-2669　FAX 03-3825-8714
http://www.soudosha.jp

印刷　株式会社シナノ
ISBN978-4-7988-3020-9　C0293
定価はカバーに印刷してあります。

クトゥルー・ミュトス・ファイルズ
The Cthulhu Mythos Files
近刊予告

## 『クトゥルフ少女戦隊　第二部』

山田 正紀

サヤキとニラカの二人が『進化』の底へと向かっている。

「ねえ、サヤキさん、こんなのって無意味なんじゃないかな。ナンセンスじゃないかな」

「無意味さ、ナンセンスさ」サヤキはその唇に、とても美しく、とても獰猛《どうもう》な笑いをクッキリ刻んだ。「だけど、それを言うなら、『進化』そのものがすべて無意味で、ナンセンスなんだよ。それをまるで意味があるものかのように見せかけて、これほどまでに残酷に生きるのを強いている。どういうつもりなんだか。そいつの顔にツバを吐きかけてやりたいじゃないか。一言、いってやりたいじゃないか」

進化闘技場《コロシアム》がバイソラックスたち多勢の観客でどよめいた。「殺せ、殺せ、殺せ」の声でコロシアムは揺れんばかりだ。

ウユウが槍を持って立ち上がった。「おれたちの命もいよいよ今夜かぎりか」

マナミが右腕のランドルフ銃にガチャッと音をたてて弾倉を入れた。「ここまで来たら何がどうあってもラスボスに会わなきゃ。クトゥルフに会わなきゃ死んでも死にきれない」

そして二人は肩を並べて鮮血のコロシアムに出ていった。